野いちご文庫

最強冷血の総長様は拾った彼女を溺愛しすぎる

梶ゆいな

STARTS
スターツ出版株式会社

甘え方なんて、知らなかった。
彼に出会うまでは。

生活費を稼ぐためバイトに明け暮れる少女。
水瀬瑠佳《みなせるか》

×

『闇狼《ダークウルフ》』の総長。瑠佳を偽りの姫として雇う。
蓮見怜央《はすみれお》

「バイト探してるなら、俺に雇われる気ねぇ？」

「俺が護るってことは、傷ひとつ、つけさせねぇってことだ」

「俺は瑠佳をずぶずぶに甘やかしてやりたいと思ってるけど？」

総長は姫を誰よりも大切にする。

だけど、彼が本当に護りたいのは私じゃない。

所詮、私はお金で雇われた偽りの姫――。

役目が終われば私の居場所なんて簡単になくなる。

そうでしょう？

目次

◇時給一二〇〇円の雇われ姫

「ごちそうさまでした！」

四限目終了のチャイムが鳴ってから、わずか五分。

特大おにぎりふたつをぺろりと完食した私、水瀬瑠佳《みなせるか》は蛍光ペン片手に求人誌へとかじりつく。

「ここは時給九七〇円。こっちは他よりも時給高めだけど土日祝日、全部入らなきゃだめか……」

求人誌を読むのは教科書を読むよりも得意だ。

募集内容を見ながら好条件のものには丸をつける。ちなみに私にとっての好条件とは高収入であること。シフトに融通がきけば尚良し。

「瑠佳ちゃんまたバイト始めるの？」

そう問いかけてきたのは、前の席で顔よりも大きいサイズのメロンパンを頬張る小川新那《おがわにいな》。見た目も中身も可愛い私の親友だ。

首を傾げる仕草と同時に揺れたミルクティー色の髪には、今日も綺麗にウェーブがかかっている。

「居酒屋の方が来月閉店するの。だから早急に代わりのバイトを見つけたくて」

わざわざ〝居酒屋の方〟と説明したのは、他にスーパーのバイトも掛け持ちしているからだ。

「瑠佳ちゃんちの事情を知ってるから、頑張る理由もわかるよ。だけど自分のこともちゃんと大切にしてね？」

「わかってるって」

「本当に本当に本当？」

普段おっとりとしている新那が口を尖らせながら言う。

その表情がずいぶんと可愛らしくて、柔らかな頬を突《つつ》きながら「本当！」と返事をした。

彼女がここまで私のことを心配するのには理由《わけ》がある。

それは私が弟とふたりで暮らしているからだ。

幼い頃に母を病気で亡くしてから、ずっと男手一つで私たちを育ててくれた父。

料理はあまり得意ではなかったけれど、いつも笑顔で優しくて自慢の父だった。

だけど昨年、父も私と弟を残して亡くなった。

母を亡くしたときと同じ、病死。ただ父との別れはあまりにも突然だった。

高校に入学したばかりだった私は退学して働くことを考えたが、先生たちから奨学金制度などの様々な提案を受け、なんとか学生生活を続けられている。

とはいえ、生活に余裕はない。

弟はまだ中学三年生。家計を支えるためには、私が働くしかないのだ。

この世でたったひとりの家族、少し間抜けで可愛い弟・志貴《しき》の顔を思い浮かべながら再び求人誌へと視線を落としはじめたそのとき――、教室の空気が一変した。

昼食を食べながら雑談に花を咲かせていたクラスメイトたちの声がぴたりと止まったのだ。

異様な空気を察して顔を上げると、たった今、教室に足を踏み入れた男の姿が目に入った。

皆が一斉に口をつぐんだ原因は〝あれ〟か。

『見るな、話すな、関わるな』

この学校の人間がそんな共通認識を持つ男、蓮見怜央《はすみれお》。

名前は忘れたけれど、なんとかっていう暴走族の総長らしい。

トレードマークの銀髪から覗く瞳は今日も鋭く冷ややかで、周りは必死に目を合わせないようにしている。……蓮見怜央って確か隣のクラスだったよね？

うちのクラスになにしに来《き》たんだろう。

正直、なんの用であろうが私には関係ないし興味もないけれど、彼がこの教室にいる限り物音ひとつ立てることさえも許されない。そんな空気が永遠に続くのだ。

だから一刻も早く自分のクラスへと戻ってほしい。

バイトを探す私のために。

そして目の前でメロンパンを持ったまま固まる新那のためにも。

そんなことを思っていると、蓮見怜央が「なぁ」と口を開いた。

これで平和な時間が戻ってくる。……はずだったのだが、そうはいかなかった。

なぜなら蓮見怜央が発した言葉の続きが「水瀬瑠佳いる?」というものだったからだ。

クラスメイトたちの視線が一気に私へと集まる。

これでは『私が水瀬瑠佳です』と名乗り出ているようなもので、その直後、蓮見怜央はよそ見もせずにこちらへと歩いてきた。

「……お前が水瀬瑠佳だよな?」

「そう、です……けど、」

私が返事をすると、新那の潤んだ目がなにかを訴えてきた。

多分、『なにかしたの?』そんなところだろう。身に覚えのない私は首を小さく横に振る。

高校に入学してから一年と一か月が経過したが、蓮見怜央と話すのは今日が初めてだ。

「話あんだけど」

「えっ……？」

なんの関わりもないこの私に？

わざわざ教室まで出向いて話したいことって？

私が言葉をつまらせていると、冷たい瞳は廊下へと視線を移す。

「ここじゃあれだから」

たまたま廊下に立っていた男子は彼と目が合ったのか、びくっと体を震わせた。

「行くぞ」

どうやら私に拒否権はないらしい。

私の返事を聞くよりも先に歩きだした彼の背中を追うために、急いで椅子から立ち上がる。

「る、瑠佳ちゃん行くの？　わ、わ、私も行こうか？」

「大丈夫。ここ学校だし、なにかあれば逃げだすから」

……そうならないことを願うけど。

「で、でも」

「私の心配はいいから、新那は早くパン食べちゃいな。昼休み終わっちゃうよ」

私は不安げな表情を浮かべる新那とクラスメイトたちに背を向け、急いで蓮見怜央の後を追った。


そして、着いた先は屋上。

立ち入り禁止の場所に簡単に入れる理由って……？

ああ、やめたやめた。余計なことは考えないようにしよう。

私は彼の共犯者になるつもりはない。

というか、いつになったら話しだすのだろう。

ここに来るまでの間、彼はずっと無言で廊下にいた生徒たちの方がお喋りだった。

『蓮見怜央の後ろ歩いてるの、三組の子だよね？』

『あの子なにかしたの？』

『彼女……って感じでもなさそうだし』

どれも私と蓮見怜央の関係を不思議に思うものばかりで、ちくちくと刺さる視線はあまり気持ちの良いものではなかった。

「あのー、それで話って？」

人を連れてきておいて、一言も喋らない蓮見怜央の代わりに私が話を切り出す。

周りの人間がどれほど彼を恐れようが、私には関係のない話だ。

私を呼び出したのは見た目が派手で、喧嘩ばかりしているとか、夜の街に入り浸っているとか。そんな悪い噂が絶えない、ただの同級生。

自分の機嫌が悪いからとバイトに当たり散らかす店長や酒癖の悪い客の方が、よっぽど厄介で関わりたくない。

「……お前、バイト探してんの？」

少し間を置いてから蓮見怜央が口を開く。会話は意外なところから始まった。

「……探してるけど」

どうしてわかったの？　もしかしてエスパー？

なんてありもしないことを考えていると、私の右手を指差す蓮見怜央。

その先には筒状に丸められた求人誌。……どうやら突然の呼び出しに動揺していた私は、読みかけの求人誌を持ってきてしまったらしい。

「間違えて持ってきちゃったみたい」

あはは。と笑ってみせるも、目の前の綺麗な顔はぴくりともしない。

愛想笑いもなし、と。

「バイト探してるなら、俺に雇われる気ねぇ？」

「えっ……？」

バイトの話は私が求人誌を持っていたから始めたもの。

それだけの理由だと思っていたが、深掘りするってことはこれが本題？

というか俺に雇われる気って……？

「雇うとは？」

まるでその意味でも検索するような言葉を口にした私に、彼は面倒くさそうな顔をする。……すみませんね、察しの悪い人間で。

「バイト探してるんだろ。だったら俺がお前に金を払うって言ってんだよ」

言葉の意味を理解した途端に今度は『なんで？』と別の疑問が湧いてくる。

暴走族の総長がわざわざお金を払ってでも雇いたいバイトって……。

なにか変なものでも運ばされるの？

「お断りします」

「いいのか？　お前にとっては好条件だと思うけど」

「い、一応、内容だけ聞いておく」

好条件。その言葉にまんまと反応してしまう単純な私。

「時給一二〇〇円。期間は四か月程度で、仕事内容は俺のそばにいること」

「……はい？」

わけのわからない内容に思わず首を傾げる。

蓮見怜央のそばにいるだけで時給1200円？

それだけでお金がもらえるほど、世の中は甘くないということを私は理解している（……つもりだ）。

これは絶対、なにか裏がある。

「それってその……彼女でも探してるの？」

「は？　そんなのに金払うかよ」

そんなの、ね。確かに必要ないか。

校内で彼に近づく女子はいないけれど、蓮見怜央という人物がもてるということは、その端正な顔立ちを見れば容易く想像がつく。

「俺が求めているのは姫だ」

ひ……め……？

「姫って、お姫様？　私そんなキャラじゃないけど」

そういうのは可愛らしくて、綺麗なドレスが似合う……そう、新那のような人間だ。私みたいにおにぎりを流し込むように食べたり、求人誌片手に廊下を歩いたりするような人間じゃない。

「俺が言ってるのは、おとぎ話に出てくるようなお姫様じゃねぇよ。総長の姫だ」

総長の姫？　なにそれ、初めて耳にした。

彼らの世界では当たり前のように使われている言葉なのだろうか。

「その姫って何者なの？」

「総長にとって特別な女」

特別な女を彼はお金で雇うの？

「蓮見（怜央じゃなくて）……くんには姫がいないの？」

彼の特別になりたい女子なんてごまんといるだろうに。

「いねぇ。姫っていうのはチームにとっても特別な存在なんだ。だから敵対している奴らは相手を潰すために姫を狙ってくる」

蓮見怜央の話をまとめると姫は総長、チームどちらにとっても特別な存在だけれど、弱点でもあるということか。

暴走族の姫について、なんとなくだがわかってきた。

「じゃあ、姫の席（？）は空席のままにしておいた方がいいんじゃないの？」

本当に特別に想う人がいるのならまだしも、雇ってまで弱点になる姫を用意する必要はあるのだろうか。

「そうはいかねぇんだよ。俺が姫をつくらないせいで、櫻子《さくらこ》……俺の一番近くにいる幼なじみが狙われてる」

その言葉を口にした直後、蓮見怜央は強く拳を握りしめた。

「つまり、蓮見くんはその櫻子さんを危険な目にあわせたくないってこと？」

「ああ。櫻子は心臓に病気を抱えていて、夏に手術を控えてるんだ。医者が言うには日常生活に問題はないらしい。だけど激しい運動や心臓に負担がかかることは禁止されている」

「……やっとわかったよ。蓮見くんが姫を探してる理由」

彼は櫻子さんっていう幼なじみを護りたいんだ。

お金を渡して、身代わりを用意してでも。

「姫を探してる理由はわかったけど、どうして私なの？」

身近にいる子の方が話は早そうなのに。

「さっきも話したとおり姫は狙われやすい。だから自分の身は自分で護れる奴の方が有り難い。お前この前、学校に侵入した不審者を捕まえたんだろ？」

「よく知ってるね？」

今からちょうど二週間前。女子更衣室から出てきたのは見るからに怪しげな男。

声をかけると走りだしたその男を、私は捕まえて拘束した。

昔、過保護な父に二年ほど習わされていた護身術と柔道が役に立ったのだ。

先生の話によると男の鞄からは女子生徒の制服が出てきて、その後警察に連行されたらしい。

「その前は男と猫を助けたとか。お前に関する話はそんなのばっか」

蓮見怜央が私のことを知っていたなんて驚いた。

もしかして、姫候補を探すために予め《あらかじ》リサーチしていたのだろうか。

ちなみに男と猫を助けたというのは、猫を助けるために木に登った委員長が木から降りられなくなり、私が駆けつけたという話。

「俺は姫にするなら、お前みたいな強さと優しさを兼ね備えた奴がいい」

彼が求める姫はあくまでも櫻子さんの身代わり。

それでも私がいいと言ってもらえたことは素直に嬉しかった。

私に務まるのなら一生懸命、頑張りたい。だけど気になる点がもうひとつ……。

「あの……念の為、確認してもいい？」

「なんだ？」

「お給料って誰から支払われるの？」

いくら魅力的な仕事でも、お金の出処が不透明なままでは引き受けられない。

答えを待つ私の前で蓮見怜央はなぜかスマホを触り始めた。

えーっと、無視？　気に障るような質問だった？

「あの、」

口を開いた途端、目の前にスマホの画面が差し出される。

そこに映し出されていたのは、蓮見怜央の名前と普通預金の文字。

「いち、じゅう、ひゃく、せん、まん――、」

ずらりと並ぶ数字を思わず口に出して数えていた私に、蓮見怜央が「給料は俺がここから支払う」と口にした。

「金の出処を確認するってことは、引き受けるってことでいいんだよな？」

仕事の内容も、お金の出処もわかった。

蓮見怜央が最初に言ったとおり好条件のバイトだと思う。それに人の役にも立てるんだ。

「バイトを探してたのは事実だし、私に務まるのなら……」

「ん、じゃあ明日から頼むわ。瑠佳」

不意打ちで名前を呼ばれたことにより、どくんと胸が鳴り、同時に顔の温度が急激に上昇。

私はそれを暑さのせいにして、持っていた求人誌を使い風を送った。

この熱を一刻も早く冷ましたくて。

「は、蓮見怜央と櫻子さんの役に立てるように頑張るから」

「おー。つーか、フルネームって……」

しまった。つい、いつもの癖で。

「俺の姫なんだから蓮見怜央はおかしいだろ。瑠佳も俺のことは怜央って呼べよ。蓮見くんも禁止な」

これは姫役を求める蓮見怜央と、お金を必要とする私の利害が一致しただけ。

頭では理解しているけれど、〝俺の〟なんて言われると、本当に彼の特別になったような気がして、冷ましたはずの顔がまた熱を持ち始めた。

こんなことでいちいち照れていたら、ちょろい女だと思われる。

「わ、わかった」

「じゃあ、呼んでみろよ」

え？　今⁉　いや、名前を呼ぶくらい簡単でしょう……。

「れ、れ、れ、怜央」

おかしい。ただ名前を呼ぶだけなのに、なんだか上手くいかない。

「五点。うちに帰ったら鏡の前で練習な。明日には慣れておけよ」

私に五点という点数をつけた怜央は、片方の口角だけを上げて笑う。

「今、笑ったでしょう？」

「は？　……笑ってねーよ」

絶対、笑った。馬鹿にしたような笑い方だったけど。

「んなことより、授業始まるぞ」

「え、嘘!?　戻らなきゃ」

チャイムが鳴ったことにすら気づかないなんて、私はどれほど彼に気を取られていたのだろう。

慌ててドアを開けると、視界の隅で怜央がゆっくりと腰を下ろした。

「……授業出ないの？」

「さっき出たからパス」

「いや、授業は全部出るものでしょう」

なんて暴走族の総長に言っても無駄か。

「瑠佳は真面目に頑張れよ。授業も、名前呼びも」

「ま、まだその話する？　言われなくとも頑張りますよ。仕事なんで！」

授業に出る気のない怜央を残して、ひとり階段を下りる。

「あ、雇い主相手に偉そうな口きいちゃった。まぁ、いいか。仕事は明日からだし」

今日はバイトが終わったら、名前呼びの特訓だ。

二度と五点なんて言わせないんだから。

こうして私の〝雇われ姫〟生活は幕を開けた――。

◇本物になりきる偽り姫

私は昨日、悪魔のように恐れられている暴走族総長の笑顔を見た。

そして現在《いま》、天使のような親友は私の前で鬼の形相を浮かべている。

新那との出会いは小学四年生の頃。

私が通っていた学校に新那が転校してきたのがきっかけだった。

それからもう七年の付き合いになるが、こんなにも怖い顔をする彼女を見るのは今日が初めてだ。

「瑠佳ちゃん、私はまだ完全に納得したわけじゃないからね。暴走族の姫なんて」

「わ、わかってるよ、新那」

新しいバイトが決まったことは昨日、五限目が終了した直後、真っ先に新那へと報告した。

暴走族の姫なんていう特殊なバイトをすんなり受け入れてくれる親友など、なかなかいないだろう。

帰宅後には『考え直した方がいいよ』というメッセージが届き、今日も休み時間のたびに『暴走族の元でバイトするなんて危ないよ。今からでも断れない？』と繰り返し訴えられた。

心配性な新那のことだ。話せば必ず反対する。

私はそれをわかった上ですべてを話した。親友である彼女に隠し事はしたくなかったからだ。

昼休みになっても続く訴えに、私は少しずるい言い方をした。それは志貴の名前を出すこと。

なぜなら私が家族との時間を大切にしていることを新那は誰よりも知っていたからだ。

『お金と時間に余裕ができたら、志貴と過ごせる時間がもっと増えると思うの』

こんな言い方をすれば新那が困るのはわかっていた。

でも、生活をするためにはどうしてもお金が必要なのだ。

それに櫻子さんのこともある。

今さら身代わりを断るなんて無責任なことはできない。

大切な人を護りたいという怜央の気持ちが、私には痛いほどわかるから。

もちろん志貴との時間を大切にしたいのも本音。

来年、志貴が高校に進学してバイトを始めたら、顔を合わせる時間はこれまで以上に減ってしまうだろう。

その前に少しでも多くの時間を志貴と過ごしたい。

五限目開始のチャイムが鳴る寸前、どうにか新那の説得に成功した私。

だけど放課後になっても彼女は私のそばから離れようとはしない。

「今日も部活あるんでしょう？　そろそろ行かないと遅れちゃうよ。私も怜央を待たせてるから、ね？」

「うぅ……わかった。もう行くよ。危険なことは絶対にしちゃだめだからね。それから、なにかあったらすぐに連絡してね？」

「うん」

「約束だからね！」

「約束する」

ようやく部活へと向かう気になった新那。

私は最後に「また夜、連絡する」と彼女に伝えてから急いで昇降口へと向かった。

《正門の前にいる》

その連絡がきたのは五分も前のことだ。

上履きからローファーに履き替え走っていると、コソコソと話をしながら歩く生徒たちの姿が目に入った。

おそらく、彼らの視線の先には怜央がいるのだろう。

……やっぱり。私の予感は的中。

壁にもたれながら、スマホを見ている怜央。横には一台のバイクが停めてあった。

「遅くなってごめん」

私が声をかけると、なぜか他の生徒たちも振り向く。

平凡な女子が暴走族の総長に話しかけている。その様子が不思議でたまらないのだろう。

「ほらっ、これ被れ」

注目されることに慣れているのか、周りの視線など一切気にしない様子の怜央は私にヘルメットを押し付けてきた。

「えっ、もしかしてバイクに乗って移動するの。私、バイクに乗るの初めてなんだけど……落ちないよね？」

暴走族総長の後ろに乗るということに若干の恐怖を感じていると、手に持っていたヘルメットを奪われる。

「ご、ごめん。変なこと言って」

怜央は私の雇い主だった。

余計なことを口走り反省していると、頭にヘルメットを被せられる。

「着け方もわかんねぇのかよ」

……どうやら怜央はヘルメットを没収したのではなく、被せるために手に取ったらしい。

確かにバイクに乗るのは初めてだと言ったけれど、ヘルメットの着け方くらいはわかる。

私がそう口にする前に、カチャッとバックルの締まる音がした。

そして視線を上げた怜央とばっちり目が合う。その距離わずか数センチ。

こんな至近距離で異性の顔を見るなんて初めてのことで、鼓動がどくんと跳ねた。

「あ、ありがとう」

「じゃあ行くぞ」

平静を装うのに必死な私とは違い、いつもと変わらない様子の怜央。

彼にとってはこんな距離、意識するほどのものでもないのだろう。

これが経験値の差ってやつか。

「おい、ぼーっとしてるとまじで落ちるぞ」

後ろに乗った私に怜央が言う。これは脅しでもなんでもなくて、本気の注意。

「ご、ごめん」

「振り落とされたくなかったら、ちゃんと捕まっておけよ」

その言葉と同時に宙ぶらりんだった私の手が怜央の腰へと回される。

どこを掴めば良いのかわからない。そんな気持ちが見透かされていたのだろうか。

とにかく、指定された場所を掴んでおけば落とされないということだ。

「……安全運転でお願いします」

「信用ねぇな。そっちこそ急に手離すなよ」

「うん。わかった」

正門前でのひと悶着を終えて、ようやく走りだしたバイク。

自転車では感じることのできない風は、熱を保ったままだった私の頬を優しく冷ました。

「あの、ここって……？」

目的地を知らされぬまま、バイクで移動すること二〇分。

連れてこられた先は若者が多く集まる繁華街だった。

「今日の仕事場」

仕事場？

普通の繁華街にしか見えないけれど、この辺りに怜央の仲間がいるのだろうか。

「誰かと合流するの？」

バイクを停める怜央の隣で、乱れた髪を整えながら問う。

「しねぇよ」

「じゃあ、なにしに来たの。昨日、仕事内容は俺のそばにいることって言ってたけど具体的には？」

暴走族が普段どういう活動をしていて、どこに集まるのか。

姫にはなにを求めているのか。私はまだなにも聞かされていない。

「言葉どおりだ。特になにかする必要はねぇよ。俺のそばにいれば周りが勝手に瑠佳のことを認知するからな。そのためにここへ来た」

そうか、私の役割は櫻子さんの代わりに敵対するチームのターゲットになること。

そのためにまずは、私が姫であることを周囲に知ってもらわないといけないんだ。

確かに繁華街なら人も多く、他のチームがいる可能性も高い。

認知してもらうという意味では最適な場所なのかもしれない。

「私はてっきり怜央と一緒に戦うのかと思ってた」

軽く握った拳を前へと突き出す。

「は？　んなわけねぇだろ。俺が姫に強さを求めたのは自己防衛のためだ。戦わせるためじゃねぇ」

「そうなんだ。ん、あれ？　じゃあ、私って本当に怜央のそばにいるだけ？」

「そうだって言ってんだろ。お前はただ俺のそばにいて、護られときゃいいんだよ」

「な、なにそれ」

歯が浮くような台詞には続きがあり、「俺が護るってことは、傷ひとつ、つけさせねぇってことだ」と怜央は真剣な表情で口にした。

それは私を安心させるためというよりも、本当にそれが可能だから言葉にしたのだろう。

「瑠佳はさっさと俺の特別だってことを自覚しろ」

トップである総長がここまで言うなんて、姫って本当に特別なポジションなんだな。

なんて他人事のように考えていたら、怜央は自然と私の手を取って歩き始めた。

「ちょ……手っ!!」

「これも仕事の内だ。姫なら繋ぐだろ、普通?」

「し、知らないよ！　私……姫初心者だし」

「……ふっ、姫初心者ってなんだそれ。姫が難しいなら彼女って考えればいいんじゃねーの？」

あ……また笑った。昨日と同じ馬鹿にしたような表情だけど。

総長様のツボはよくわからない。というか、交際経験が一度もない私にとっては、彼女の役も十分難しいんですけど。

でも、文句ばかり言っていられない。

私はお金をもらってここにいるのだから。

〝彼女〟なら周りのカップルを参考にすれば、どうにか形になるはずだ。

そう思った私は、ひとまず彼の手をそっと握り返した。

「ねぇ、いつもこんな感じなの？」

怜央の提案により、まずはアミューズメント施設を訪れた私たち。

そこで私はさっきから気になっていたことを怜央に尋ねた。

「なにが」

「視線。ずーっと見られてるんだけど」

ここに来るまでの間、まるで隣に芸能人を連れて歩くマネージャーのような気分だった。前から歩いてくる女の子たちは、すれ違いざまに必ずと言ってよいほど怜央に視線をやる。

中には隣にいる彼氏のことも忘れて「かっこいー」とつぶやいてしまう人も。

今もボウリング場にいるというのに、周りはゲームよりも怜央の話題で盛り上がっている。

「あぁ……。別に今更、気になんねぇよ」

「へぇ」

これが日常茶飯事なんてすごいな。

「瑠佳が気になるなら、見んなって言ってくるけど」

「い、いいよ。そういう意味で言ったんじゃないから。それに今日は私の存在を知ってもらうことが目的なんだし」

……とは言っても、注目されているのは怜央単体なんだけど。

正直、本当に街を歩いているだけでいいのか不安だった。

しかし、これなら噂になるのも早そうだ。

だけど、ずっと見られているのはやっぱり気になる。

相手も見ていることを全く隠そうとはしないし。

慣れない視線に「うーん」っと唸った私を見て、怜央は「あー……」と声をもらした。

「どうかした？」

「瑠佳の存在をアピールしつつ、視線から逃れられる方法がひとつだけあった」

「え、そんなのがあるの？　なに、教えて？」

「それはやるってことでいいんだよな？」

「うん。人に迷惑かけないよね？」

例えば怒鳴るとか、睨みつけるとか。そういう方法を取るくらいだったら、我慢している方がずっと良い。

「……迷惑はかけねぇよ。でも、瑠佳は怒るかもな」

「えっ……？　それって、どういう意……味」

私の言葉を聞くよりも先に動いた怜央。

気づいたら肩を抱かれていて、そのまま体ごと引き寄せられた。

さっきまで眩しいくらいだった照明は視界から消え、目の前には影が落ちる。

そして額に銀色の毛先が触れたとき、私はぎゅっと瞼を閉じた。

キスされる。そう思って。ところがそれ以上はなにも起こらない。

それでも周りの人たちからは突然キスをしたカップルに見えたのだろう。

「キャーッ!!」と歓声が上がり、それを確認した怜央は私からそっと体を離した。

「い、今のなにっ」

「瑠佳が彼女だってことをアピールしつつ、視線から逃れられる方法？」

悪びれる様子もなく答える怜央。

彼の言うとおり、もう誰も私たちの方を見てはいなかった。

厳密にいうと、まじまじと見られていたのが時々ちらちらと見るに変わっただけ。

怜央のことは気になるが、いちゃつくカップルを直視するのは気まずいと判断したのだろう。

「確かに効果はあったみたいだけど、こういうことするなら事前に説明しておいてよ」

私が小声でぼやくと「こういうことって？」と説明を求められる。

「だから、その」

それがどういうことなのかと聞かれると返答に困る。

私と怜央は顔を近づけただけで、実際はなにもしていないからだ。

キスなんて言葉を出すと、逆にこちらが恥ずかしい思いをする。

「あ、あれよ。急に近づいてくるとかそういうの！　驚くから」

「……はいはい、わかりました。でも、彼氏ならあのくらいの距離普通だろ？」

だから、その彼氏っていうのがいたことないんだって。

「…………」

「瑠佳ってもしや、」

「も、もう落ち着いたんだからゲーム始めよう」

別に恋愛経験の有無で人間の価値が決まるわけではない。

ただ彼にとっては大したことのない行動に、私だけが意識しているこの状況が少し悔しかっただけ。

それを悟られるのも嫌で、目の前に置いてあったボールを手に取る。

そして、そのままピンを目掛けてボールを放った。

自由になったボールはひょろひょろとレーンを転がると、ガコンとガターへ吸い込まれていく。

もちろん倒れたピンは0本。

背中越しに怜央の「見事なガターだったな」という声が聞こえた。

その後もガターを連発する私とは違い、連続してストライクを決める怜央。

結果は私のボロ負け。

次に向かったゲームセンターでもなにひとつ怜央に勝つことはできなかった。

＊

「……瑠佳って、なにができんの？」

それは休憩がてら寄ったファミレスで料理を待つ間に怜央の口から出た言葉。

ボウリングもゲームもなにひとつ上手くできなかった私を見て疑問に思ったのだろう。

からかうというよりも、本当に知りたくて尋ねている。そんな表情をしていた。

「運動は割と得意な方だと思う。ボウリングとゲームセンターは初めてだったから経験不足なだけで……」

「初めてって、友達いねぇの？」

「いるよ。親友って呼べる子はひとりだけど。うち父子家庭だったから、お金がかかるような遊びは避けてきたの」

小学生の頃は良かった。

遊び場といえば公園が中心で、鬼ごっこをしたり、ドッジボールをしたり。

でも、中学生になるとカラオケ、プリクラ、ファミレス。

遊ぶとなれば、お金のかかることばかり。

一度だけ同じクラスの子たちと出掛けたことがあるが、その日だけで一か月分のお小遣い一五〇〇円が失われた。そんなのをずっと続けられるわけがない。

何度か誘いを断ると、そのうち声をかけられることもなくなった。

「高校生になってからはバイトを始めたんだけど、その後すぐお父さんが亡くなって今は弟とふたり暮らしで……。って、急にこんな話されてもコメントに困るよね」

「別に。困んねーよ」

これといって優しい言葉をかけられたわけではないのに、目の前の彼があまりにも真剣な表情で私の話を聞いてくれるものだから、目にはうっすらと涙が浮かんだ。

「もしかして、怜央はうちの事情を知ってたの？」

「ある程度な。姫を選ぶ前に調べさせてもらった」

やっぱり、そうだったんだ。

バイトを探していた私の元に突如、怜央が現れるなんておかしな話だと思った。

もし、私がお金に困っていなかったら、バイトの話を持ち掛けられても断っていただろう。そう思うと不思議な縁だ。

「まぁ、そんな理由でなるべく時給の高いバイトを探してたから助かったよ。ありがとう」

「危険は伴うけどな」

「そこは怜央が護ってくれるんでしょう？」

「ああ」

「私、頑張るから。櫻子さんのためにも。お金に釣られてバイトを引き受けた私じゃ信じられないかもしれないけど」

「そんなことねぇよ。頼りにしてる」

少しだけ距離の縮まった私たちの元に、料理を持った店員さんが現れる。

怜央の前にはハンバーグセット、私の前にはミニチョコパフェがそっと置かれ「ご注文は以上でよろしいでしょうか」という言葉にふたりして「はい」と返事をした。

「そういやさっきのボウリング場でのことだけど、」

「ん？」

「瑠佳って彼氏いたことねぇの？」

その言葉にスプーンを握っていた私の手がぴたりと止まった。

数時間前に終わったと思っていた話が、掘り返されたからだ。

「……いたことないけど」

パフェに視線を落としながら言う。

「それがどうかしたの？」

「これからの参考にしようと思って」

「参考？」

「どこまでがセーフで、どこからがアウトなのか」

それは恋人として、どこまでなら踏み込んでもいいのかという話だろうか。

確かにその確認は必要なのかもしれない。

周りから姫として認識してもらうためには最低限のスキンシップが必要だ。

「手を繋ぐ……は、今日したか」

テーブルの上に置いていた私の手を怜央がおもむろに握る。

さっきは彼女のふりをすることで精一杯だったから気づかなかったけれど、こうして見ると大きくて骨ばった男の人の手だ。

「次は抱きしめるとか？」

「そー……だね」

今、自分がどんな表情をしているのかわからなくて、顔が上げられない。

「それからキス」

だんだんと上がっていくハードルになんて返事をするべきか迷っていたら、テーブルの下で足をこつんと突かれて肩がぴくりと跳ねた。

顔を上げると、真剣な眼差しをした怜央と目が合う。

「瑠佳的にはあり？」

「必要なことならなるべく応えたいと思ってる。キスなんかだと演技でもするし」

唇なら許してもいいと思えたのは、怜央が私の中で描いていた人物像とは大きくかけ離れていたからだ。私たちはただの雇用関係。

それなのに彼は私の大して面白くもない身の上話に真剣に耳を傾けてくれた。

櫻子さんの身代わりである私をもっと雑に扱うこともできるのに、そうはしなかった。

今だって、私のことを考えて今後の話をしてくれている。

噂に聞いていたような悪い人間だとは到底思えない。

「ふーん。じゃあ、その先は？」

「その先って……」

どの先⁇　キスの先ってこと？　それって、つまり――。

想像だけでも顔から火が出そうになる私と比べて終始、涼しげな顔をしている怜央。

「瑠佳が想像してることで合ってる」

「べ、べつに私は想像なんてなにも……」

「まぁ、その先は俺次第ってことだな」

俺……次第？　ってことは、私の意見なんて最初から関係なかったってこと⁉

私は所詮、雇われの身ってわけね。

「早く食わねぇと、アイス溶けてんぞ」

私の手を離した怜央は、何事もなかったかのように食事を再開する。

怜央が悪い人間だとは思わない。でも、悪い男ではあるのかもしれない。

溶けかけのアイスを口に運びながら、そんなことを思った。

＊

「もう八時か。弟待ってんだろ？　送ってく」

ファミレスを出た後、スマホを手にした怜央がそう口にした。

志貴には寄り道をして帰ると伝えてあるが、あまり遅くなるわけにはいかない。

「ありがとう。あ、忘れないうちに渡しておくね。パフェ代」

私が財布を探している間にお会計を済ませていた彼に、三九九円を乗せた手のひらを差し出す。

「バイト中に発生した金は俺が出すって言っただろ？」

「それとこれとは別でしょう。ファミレスに行ったのはただの休憩なんだから」

認知を目的として足を運んだボウリング場やゲームセンターとはわけが違う。

「ファミレスでも俺らのこと見てる奴いたけど？　じゃあ、仕事成立してんじゃん」

「でも、食事代まで出してもらうのはなんだか気が引けるから。はい」

怜央は私の圧に負けたのか渋々、小銭を受け取った。

「次は瑠佳の行きたい場所に行くか」

ファミレスのあった八階からエレベーターで一階へと下りる。ふたりしかいない箱の中で、その言葉は唐突に放たれた。

「……えっ？」

「まだ俺と一緒にいるのが姫だって知らない奴の方が多いからな。少なくとも一週間は外歩かねーと」

「あっ……！　そうだね」

びっくりした。一瞬、普通に遊びに誘われたのかと思った。違う、違う、これは仕事だ。

「私は暴走族がよく集まる場所とか知らないし、怜央が行き先を決めた方が確実じゃない？」

「別に直接会わなくても、噂になりゃそれでいいんだよ。そうしたら奴らは勝手に嗅ぎまわるからな」

「なるほど……」

「だから行きたいところねぇの？」

「あるにはあるけど……」

行きたいところならたくさんある。けれど、仕事中に発生したお金は自分が出すという彼に容易く提案なんかできない。

「なら次はそこな。バイト中にかかる金はこっちで出すから気にすんな」

認知という意味では必要な仕事なのかもしれないが、今日だけでもかなりのお金を怜央に負担させてしまっている。

気にするなと言われても、気になってしまうのが普通の人間の感覚だろう。

「お給料もらってるのに悪いよ」

「遠慮すんなよ」

そう言われてもこれ以上、怜央に負担をかけたくない。

どこかないかな、お金がかからなくて暴走族が集まりそうなところ。

ある意味学校の課題よりも難しい問いに頭を抱えていると、ちょうど一階へと到着したエレベーターがチンとベルを鳴らした。

その瞬間、まるで閃《ひらめ》きのスイッチでも押されたかのように、とある場所が脳裏に浮かんだ。

「……それって海とかもあり？」

「いいけど、タダで行けるところじゃん」

「タダじゃないよ。交通費がかかるでしょう？」

「交通費もバイクで行くならタダだけどな」

「うっ、確かにそうだけど……。海じゃだめ？」

私的にはいい案だと思ったんだけどな。

暴走族って海岸沿いを走ってるイメージがあるし、学校の周辺以外にも噂を広められるチャンスだ。

「別にだめだなんて言ってねーよ。俺は瑠佳と一緒ならどこでもいいし」

隣を歩く怜央は表情ひとつ変えずそう口にした。

それは姫を連れて行動できるならどこでもいい。という意味であって、私に向けられた言葉ではない。

過剰反応をしてしまう前に、自分自身に言い聞かせる。

怜央のこういう態度にも早く慣れないと。

「それじゃあ、今度は海な」

「うん」

次の仕事も決まり一安心していると、どこからかヴッーヴッーと着信を知らせる音が鳴り、ふたりそろって足を止めた。

隣でスマホを取り出した怜央が「……悪い。電話」とつぶやく。

「わかった。じゃあ、私はあそこのベンチに座って待ってるね」

姫といえど電話の内容を聞くわけにはいかない。

そう思って数メートル先にあったベンチに腰掛けながら怜央を待つことにした。

今のうちに《今から帰る》って志貴に連絡しておこうかな。

教科書やノートが入った鞄の中からスマホを探していると、体格のよい男ふたり組が私の両隣に腰を下ろした。

空席のベンチが並ぶ中、わざわざ隣に座ってきたことに違和感を覚えて席を立とうとすると、右側の男はそれを静止するかのように私の腕をがっちりと掴んだ。

「なっなにするんですか。放して下さい……！」

「まぁまぁ、ちょっとぐらいいいじゃん。ひとりで暇なんでしょ？　俺たちと話そうよ」

ひとりの男がそう言うと、もうひとりの男がにやにやとしながら「そうだよ～」と相槌をうつ。

「ひとりじゃないですし、暇でもありません」

腕を掴んでいた男を睨みつけながら言う。

しかし、男たちが私の言葉に怯む気配はなかった。

それどころか腕を掴む手にはさらに力が入る。

仕方ない。あまり大事にはしたくなかったが、ここは習った護身術を使って……。

「おい、お前ら誰の女に手出してんだよ」

今まさに技をかけようとしたその時、背後から聞こえたのはドスの効いた声。

「はぁ？」

そう言いながら立ち上がった男は声の主を確認した途端、サーッと青ざめるとすぐに私の腕から手を離した。

「は、蓮見の女だったのかよ」

もうひとりの男は慌てた様子で震えあがる。

そして「俺らまじで知らなくて」とふたりそろって言い訳を口にしたが、怜央には通用しなかった。

「ここが人目の多い場所で助かったな。ほら、さっさと失せろよ。俺の気が変わらないうちに」

冷たく吐き捨てられた言葉。

さっきまで威勢のよかった男たちは怜央の言葉に何度も頷くと、逃げるようにしてこの場から走り去った。

〝蓮見怜央〟という人物が彼らにとって、恐怖の対象である。

そんなことが一目でわかる瞬間だった。

「腕、大丈夫か？　ひとりにして悪かったな」

「ううん、平気」

「どこがだよ。赤くなってんだろ」

怜央はそう言うと、近くにあった自動販売機で水を購入して私に手渡してきた。

「これで冷やしとけ」

「あ、りがとう」

「礼なんて言われる筋合いねぇよ。さっき傷ひとつ、つけねぇって言ったばっかかなのに護れなかった」

傷という言葉が出て自分の腕を確認するも、そんなものは一切見当たらない。

ただ強く握られていた箇所が一時的に赤くなっているだけ。

それも時間が経てば消えてなくなる。傷と呼ぶにはあまりにも大げさだ。

「こんなの傷のうちに入らないよ？」

「俺はそんな痕すらつけたくなかったんだよ」

「でも、こんな痕で済んだのは怜央のおかげだよ。怜央がちゃんと私のことを護ってくれたから。というか私の方こそごめんね。あれくらい自分で対処しないとだめだったのに」

私は自衛力を認めてもらい、この仕事を任せられた。

つまり、今回の件は私の落ち度でもある。

「いや。俺が近くにいたんだから、俺が護るべきだった。場合によっては連れ去られてた可能性だってあるんだからな」

「……怜央ってば案外、心配性？」

「は？」

「だって、普通そこまで考える？」

「あのなぁ、姫には危険がつきものなんだよ。……でもまぁ、そうなのかもな」

「へぇ、意外」

「小さい頃から危なっかしい奴がそばにいたから」

隣で懐かしむように怜央が笑う。

それは私を馬鹿にしていたときの表情とは違い、とても優しいものだった。

その脳裏には、幼なじみである櫻子さんのことを思い浮かべているのだろうか。

「目を離すと迷子になるか、怪我するかの二択。そんですぐ泣くし。だから自然とこっちが気をつけて見ておいてやんねぇとって気持ちになんだよ」

「じゃあ、必然的にそうなったんだね？」

「多分な」

怜央は総長だからという理由で櫻子さんを護っているわけではない。そんな役職がなくたって、子供の頃からずっと櫻子さんのことを護り続けてきたんだ。

怜央の口から語られた微笑ましいエピソードに普通なら心が温まるはずなのに、私の心はなぜかざわざわと落ち着かなかった。

どこか調子でも悪いのだろうか。もしかして、ファミレスで食べたパフェが原因？

それはないか。違和感があるのはお腹や胃ではない。

それとも今になって、恐怖心が襲ってきたとか？

それもなんだか違う気がする。……別に原因なんて探さなくてもいいか。

じきに良くなるだろう。そう思って、一度止まった会話を再開する。

今度は数分前に走り去った男たちについて。

「そういえば、さっきの人たちがいい感じに噂を流してくれたらいいね。総長には姫がいるって」

「なんだよ急に」

「だって今日の一番の目的でしょう。あの人たちが噂してくれたら、私が絡まれたのにも意味があったんだなって思えるから」

「危険な目にあったつーのに、ポジティブな奴だな」

「そうかな？」

「……あ、そういやあれ渡すの忘れてた」

会話の途中、歩きながら渡されたのは、狼の形をしたマスコットキーホルダーだった。

手の中でころんと転がる小さな狼は可愛いけれど無表情で、どことなく怜央に似ている。

「なにこれ？」

「キーホルダー型の防犯ブザー。しっぽを引っ張ると音が鳴るようにできてある」

そう言われてお尻を見てみると、しっぽの部分と胴体が離れるようになっていた。

「防犯対策用に作られたものだから、肌身離さず持っておけよ。さっきみたいなことがまたいつ起こるかわかんねぇからな」

「わかった。ありがとう、大事にするね」

今日はもらってばかりの一日だ。私も早く役に立って彼に恩を返したい。

そのためには引き続き、認知活動に力を入れないと。

この先、姫の仕事を全うするためにも。

「あと明日も時間あるか？」

「明日は朝から夕方までスーパーのバイトなんだ。その後なら大丈夫だけど」

「じゃあ、バイト終わりに迎えに行く。さっき電話かけてきた奴が瑠佳のことを皆にも紹介しろってうるせーから」

「皆って怜央の仲間の人たち？」

「ああ。俺も瑠佳の安全のために早めに姫だって紹介しておきたい」

「わかった」

「細かいことは、また帰ったら連絡する」

「了解」

明日の話がちょうど終わったタイミングで、怜央のバイクが停めてある駐車場へと到着した。

「腕、力入りそうか？」

「大丈夫。もう赤くすらないよ。落とされないようにちゃんと掴まるから安心して」

街灯の下、掴まれていた方の腕を前へと出す。

赤みはすっかりと落ち着き、他の肌の色となんら大差はなかった。

私の腕に視線を落とした怜央は「ん」と短く返事をして、取り出したヘルメットを頭へと被せてくる。

そして私が口を開くよりも先に素早くバックルを締めた。

「えっ……と、ありがとう」

また自分でできると言いそびれてしまった。

「水は鞄の中にしまっておけよ」

「う、うん」

言われたとおり、水を鞄の中へとしまってからバイクに跨がる。

まだ慣れないスピードで駆け抜ける夜の街は、暗がりに灯る光のせいかきらきらと輝いて見えた――。

＊

うちから自転車でおよそ一〇分の距離に位置するスーパー〝ミカタ〟。

名前のとおり庶民の味方であるこのスーパーでバイトを始めて一年と一か月。

今日もいつものように八時間の労働を終えてタイムカードを切る。

すれ違った店長に「お先に失礼します」と声をかけてから店を後にした。

そして道路を挟んだ向かいにあるコンビニへと走る。

昨夜、怜央と電話で決めた待ち合わせ場所だ。

その会話の中で、私が〝雇われの姫〟であることはチームの皆にも黙っておこうという話になった。敵を欺くには、まず味方から。そういう判断らしい。

私は雇われの身。もちろん彼の意見を尊重する。

「ごめんね、お待たせ！」

「おう」

大した距離を走ったわけでもないのに、どくんどくんと暴れる心臓。

落ち着かせようと深呼吸をすると隣から「そんな急ぐ必要ねぇだろ」と呆れた表情で言われた。

「怜央の姿が見えたからつい」

「……は？」

「雇い主を待たせるわけにはいかないでしょう」

私がそう言うと怜央は一瞬、考え込んだ後「……あー、そうだな」とつぶやいた。

「ねぇ、もう他の人たちは集まってるの？」

「昼過ぎには皆、集合したって」

「え⁉　それってすごく待たせてるんじゃ……」

「あいつらが勝手に先に集まってるだけだから気にすんな。そもそも細かい時間は決めてねぇし、遅れたとしても総長に文句言う奴はいねぇよ。でも、まぁ俺らもそろそろ行くか」

怜央はそう口にすると私の頭にヘルメットを被せた。

そして髪が絡まないように優しく後ろへと流す。……って、ぼーっと見ている場合じゃなかった。

今日こそちゃんと言わないと。

「あのさ……。昨日、言い忘れてたんだけど私へルメットくらい被れるよ？」

私の言葉にバックルを締めようとしていた怜央の手が止まる。けれど、数秒後カチャと音がした。

「まぁ……そうだろうな。でも、姫にならなんでもしてやりてぇんじゃないの？総長って」

そんなの私に聞かれてもわからない。

怜央にとっても私は初めての姫で、色々と試行錯誤をしているのだろうか。

それともこれは本来、櫻子さんにしてあげたかったこと？

昨日から怜央が優しく接してくれるたびに、脳裏には櫻子さんの影がちらつく。

どうしてだろう……？

「そういや俺も言い忘れてたことあったわ」

まだ一度も会ったことのない櫻子さんの姿を頭の中で描いていると、怜央が真剣な表情で私を見つめてきた。

なにか重要な話をされるのだろうか？

怜央の仲間の人たちについて？　それとも櫻子さんのこと？

張り詰めた空気の中、固唾を呑む私に対して発せられたのは「九十五点」という言葉。

「……きゅうじゅう……ごてん？」

「名前呼びの違和感なくなったからな」

突然、発表された点数はどうやら私に対しての評価だったらしい。

練習の成果が出たのか、初日につけられた五点から大幅に点数アップした。

けれど、ひとつ気になる点がある。

「……残りの五点は？」

名前はもう完璧に呼べている。正直、これ以上伸ばせるところなんてない。

「………さぁ、」

「さぁってなによ」

「つーか、あいつら待たせてるからもう出るぞ」

さっきは遅れても総長に文句言う奴はいないって言っていたのに。

「……わかった」

残りの五点については適当にはぐらかされたまま、この話は終了。

あと五点、なにが足りないんだろう？　自分で見つけろってこと？

バイクに跨った後、怜央の背中を見つめながらそんなことを思った。

バイクで移動すること三〇分。

怜央たちのアジトは都会から少し離れた場所にある、大きな倉庫だった。

一昨日、暴走族について軽くネットで調べてみたけれど、倉庫に集まるって本当だったんだ。

入口付近には数十台のバイクが停めてあり、ここにそれだけの人数がいるということが一目でわかる。

いよいよ、怜央の仲間の人たちと顔を合わせるんだ。

重厚感のある扉を目指し歩いていると、無意識のうちに強く握りしめていた手。そこにはうっすらと汗が滲んでいた。

「……扉、開けるけど大丈夫か？」

先に扉の前へと到着した怜央が私に問いかける。確認なんて取らずとも開けることができるのに、そうしないところに彼の心遣いを感じた。

「大丈夫だよ」

私が返事をした直後、重い鉄の扉はギギギィィと錆びた音を立てながらゆっくりと開かれた。

中にいた人たちは怜央の姿を確認した途端、一斉に立ち上がり「怜央さん！　おはようございます」と頭を下げる。

誰も合図なんてしていないのにぴたりとそろう声、同じタイミングで上がる頭。目の前で繰り広げられる光景に私は思わず息を呑んだ。だけど、怜央は見慣れているのか特に気にする様子もなく、倉庫内へと足を踏み入れる。

私も後に続こうと一歩踏み出すと、なぜか先を歩いていた怜央が振り返り入口へと戻ってきた。

「どうしたの？」

何か忘れ物でもしたのだろうか？　と首を傾げながら彼の顔を見ていると、なんの前触れもなく強引に肩を抱かれた。

「…………⁉」

「瑠佳は俺が選んだ姫なんだから堂々としてろ」

私にだけ聞こえるような声でそう言うと、肩を抱いたまま歩き始めた怜央。

もしかして、私が萎縮しているのに気づいて戻ってきてくれたのだろうか。

隣を歩く彼の顔をちらりと見上げてみるも正解はわからなかった。けれど、なんだかそんな気がした。

黙々と歩き続けた先にあったのは、長方形のテーブルとそれを囲むようにして置かれていた黒い革のソファ。

そこには先に三人の男の子が腰掛けていた。中央の席だけが不自然に空けられていて、そこが怜央の定位置なんだろうと予想する。

「瑠佳はここな」

私の予想どおり怜央は空いていた席へと腰を下ろすと、隣に私を座らせた。

ネットで得た知識があっているとするならば、ソファに座っているのは〝幹部〟と呼ばれる人たちだろう。残りの人たちはソファの前で二列になっているのは並ぶ。

彼らと向き合う形になった瞬間、さっきまで怜央へと集められていた視線が私へと移り始めた。

見られている。頭からつま先まで。姫に相応しいかどうか、まるで品定めでもされているような気分だ。

こういうとき、どういう表情をすればよいのだろう。

笑う……のは、舐めているように取られる？

でも、真顔だと澄ましているようで感じが悪いかもしれない。

これも先に打ち合わせしておくべきだった。そんなことを考えていると隣で怜央が「おい」と口を開く。

「あんまじろじろ見んな」

その一言により、私に集中していた視線は一斉に散らばった。

彼らにとって怜央の言葉は絶対なのだろう。

「総長が初めて姫を連れてきたんだから、そりゃあ気にもなるでしょう。まずはその子の紹介からしたら？　あいつらも落ち着かない様子だし」

そう口を開いたのはソファに座っていた三人の中のひとり。

彫りの深い綺麗な顔立ちにアッシュグレーの髪、耳には複数ピアスが着けられていて、足を組みながら座っている。

今、発言した内容から考えておそらく、偉い立場の人なのだろう。

「……そうだな。お前らに紹介する。水瀬瑠佳、俺が惚れた女だ」

怜央がそう言うと目の前で「「お〜」」と雄たけびに近い声が上がる。

姫として紹介されるものだと思っていた私は〝俺が惚れた女〟という言葉に動揺を隠せなかった。

姫も惚れた女もどちらも護り抜く存在という意味では同じなのかもしれないが、後者の方が圧倒的に心臓に悪い。

私は姫をお金をもらって就いている役職だと思っている。

姫＝私というよりも、姫＝役職。

どれだけ特別に扱われようが、それは私が姫という立場だから。

それとは違って、惚れた女と表現されると脳が勝手に私自身を＝で結びつけてしまう。けれど、実際はこうだ。

惚れた女＝姫＝役職。この式の中に私はいない。

もっと言うと本来なら、惚れた女＝姫＝櫻子さんが正しい式なのだろう。

はじめから私は蚊帳の外。そう結論づけると、動揺していた心が次第に落ち着き始めた。

「総長が惚れた女ってことは、姫でいいんだよね？」

アッシュグレーの頭の人が怜央に確認を取る。

「ああ。姫が狙われやすいのはお前らもよく知ってるだろう。そこでお前らに頼みがある。もし、なにか不穏な動きを感じたらすぐに報告しろ」

「「おっす!!」」

「瑠佳を護るために力を貸してくれ」

その言葉に並んでいた人たちは今日一番の大声で「「おっす!!」」と叫ぶ。

「お前らも頼んだぞ」

ソファに座っていた三人に向けられた言葉には、各々が「了解」と口にした。

「この話については以上だ。今から会合を始める」

会合……?

「冬馬《とうま》」

怜央が名前を呼ぶと、一列目に並んでいた茶髪の男の子が元気よく「はい!」と返事をして、一歩前へと出る。

「瑠佳、話が終わったら家まで送る。それまで冬馬と二階にいろ」

「わかった」

そう返事をすると、冬馬と呼ばれていた男の子は私の元に駆け寄り「瑠佳さん、行きましょう」と奥にあった階段を指差した。

「あっ……はい」

鉄製の階段をのぼり終えた先には、丸いローテーブルに白い革のソファ、冷蔵庫などの家具が並んでいた。

「あ、どうぞ座ってください。飲み物はなににしますか？　今はえーっと、」

そう言いながら置いてあった冷蔵庫の中を確認する冬馬くん。

「コーラとりんごジュース、それからミルクティーがあります！」

「あの、そんなに気を遣わないでください……」

「なに言ってるんですか。瑠佳さんは怜央さんの姫なんですよ？」

だから、もてなすのは当然とでも言いたいのだろうか。

すごいのはこのチームをまとめる怜央であって、別に私は何者でもないのに。

「あ、もしかして好きなのありませんか？　それならコンビニに行って買ってきますよ！」

「だ、大丈夫！　りんごジュースでお願いします」

冬馬くんが買い出しへ行くのを阻止するために、ラインナップの中からりんごジュースを選ぶ。

「了解です。今、用意します」

「ありがとうございます」

姫という立場は発言に気をつけなければならないようだ。

私の返答次第でコンビニに走っていたかもしれない冬馬くんの背中を見ながらそう思った。

「お待たせしました」

運ばれてきたりんごジュースを受け取り、彼にもう一度お礼の言葉を口にしてから、ソファへと腰を下ろす。

目の前は柵になっていて、隙間からは怜央たちの様子が覗えた。

「そういえば自己紹介がまだでしたね。俺、冬馬っていいます。瑠佳さんは怜央さんと同級生ですか？　俺は高一です」

元々、人懐こいのか。それとも怜央に頼まれたからなのか、冬馬くんはにこにことしながら話し始めた。

「そうです、怜央とは同じ高校の同級生で……」

「へー！　そうなんですか。あ、てか瑠佳さんの方が先輩なんでタメ口で話してください！　総長の姫ですし」

そこに姫は関係あるのだろうか？　あるんだろうな、きっと彼らの中では。

「じゃあ、お言葉に甘えて」

「どうやって怜央さんと付き合うことになったんですか？」

意外とぐいぐい質問をしてくる冬馬くん。

「えっと、屋上に呼び出されて。それで怜央から言われたの」

ひとつも嘘は言っていない。正しくは、雇用関係になった理由だけれど。

「やっぱり怜央さんからですか。告白の言葉って……って俺が質問してる場合じゃなかった。なんか質問とかありますか？」

「え、質問……？」

「怜央さんにうちのチームの説明とか諸々、任されているんです。だから俺が答えられることならなんでも答えますよ！」

なんだ、質問ってそういうことか。冬馬くん自身のことを尋ねるのかと思った。

「よかったらお菓子も食べてください」

「あ、ありがとう」

ローテーブルに並べられたのは数種類のお菓子。

下では怜央たちが真面目な話をしているというのに、ここはまるでホームパーティーでも開いているかのような雰囲気だ。

それは冬馬くんの明るいキャラのせいでもあるのかもしれない。

「色々と聞きたいことはあるんだけど、まずは会合について知りたいな」

「会合っていうのは話し合いの場です。だいたい週に一度開かれて、他のチームの動きとかを報告するんです」

「そうなんだ。……あ、そうだ。あのソファに座っている人たちって偉い人なの？」

「はい、ソファに座っているのは闇狼《ダークウルフ》の幹部です」

「ダーク、ウルフ……？」

聞き慣れない単語に思わず首を傾げる。

「俺らのチーム名ですよ。……えっ、まさか知りませんでしたか⁉」

私の反応に驚いた様子を見せる冬馬くん。

そりゃあ、そういう反応にもなるだろう。

総長の姫がチーム名を知らないなんて、おかしな話だ。

私は本物の姫を演じることが仕事なのに、早速やらかしてしまった。

自らの失敗に肩を落としていると、隣から「ははは、っ」と笑い声が聞こえてくる。

「瑠佳さんって変わってますね。……って、すみません。姫に失礼なことを言って」

どうやら冬馬くんは、私を変わった人だと思ったらしい。

これは……ギリギリセーフ？

冬馬くんじゃなかったら、一発アウトだった気がする。

「えっと、幹部の話でしたよね。さっき怜央さんと話していた人が真宙《まひろ》さんでうちの副総長です。その前に座っている黒髪の人がヒロトさんで、隣がトキさん。幹部にはあとひとりライトさんって人がいます」

「ライトさんって人は会合に出席しなくてもいいの？」

「ライトさんは特別です。うちの情報屋なんですけど、チームの集まりにはほとんど顔を見せません。でも、真宙さんが言うには闇狼のNo．2だって」

情報屋。そんな役職もあるんだ。

「冬馬くんの役職はなにになるの？」

「幹部以外の役職は特にないです。でも、姫を任されるってことは幹部入りに一番近い男なのかもしれません。……冗談です」

冬馬くんの軽快なトークに思わず頬が緩む。

「あ、そういや俺、怜央さんから狂猫《クレイジーキャット》の話をするよう頼まれていたんです」

クレイジーキャット？　また聞き慣れない単語が出てきた。

それも暴走族のチーム名なのだろうか。

「狂猫っていうのはうちと敵対しているチームのことです。数年前までは普通のチームだったんですけど、総長が今の香坂《こうさか》って奴になってからやばい集団に変わっていって……。今日の会合も大半が狂猫についてだと思います」

「やばい集団って具体的には？」

「金で人を脅したり、他のチームの奴を引き抜いたり……やりたい放題ですよ。噂ではその資金源が香坂の姫だとか」

つまり、狂猫の姫はお金持ちってわけだ。私とは正反対。

「これが香坂です。いずれ瑠佳さんに接触してくると思うんで、顔を覚えておいてください」

そう言って見せられたのは、一枚の写真。

そこに写っていたのはスーツに身を包む金髪の男。細い眉毛に鋭い眼光。歳は私たちよりも上に見える。

「姫の正体はまだわからなくて。今、ライトさんが調べているところです」

姫を隠す総長もいるんだ。狙われやすい上にチームの弱点となりうる存在なら、その方が良いのかもしれない。

「俺の話はこれで以上です。他になにか気になることはありますか？」

怜央が総長を務める闇狼のこと、それから敵対するチームの狂猫のこと。

それは冬馬くんの話でだいたいわかった。

あと他に気になることがあるとすれば……。

「……冬馬くんは櫻子さんっていう人知ってる？」

本来、ここにいるはずだった彼女のこと。

「もちろん知ってますよ！　なんか、ふわふわとしていて可愛らしい人なんですけど、芯があるというかなんというか……。一言でまとめると素敵な人です！」

冬馬くんが話す櫻子さんは私が想像していたとおりの人物だった。

「手術が終わったら、また皆で遊びに行きたいなってよく話してるんですよ」

皆にも会わせたことがあるんだ。当たり前か。怜央の大事な人なんだから。

そのとき、彼はなんと言って彼女を紹介したのだろう。

そんなことが気になって、胸がちくりと痛む。変なの。私にとって怜央はただの雇い主なのに。

「前は皆でバーベキューをしたんです。次は瑠佳さんも一緒ですね。ふたりとも素敵な人なんできっと、すぐに仲良くなれますよ」

無邪気に笑う冬馬くんに私はなんて返事をしたら良いのかわからなかった。

次の予定に私も入れてくれてありがとう、冬馬くん。

だけどね、櫻子さんがここへ戻ってきたとき、私はもう怜央の隣にはいないんだ。

それが私と怜央の本当の関係だから――。

＊

一時間ほどの会合を終えた後、怜央は私を家の前まで送ってくれた。

「ただいまー」

「あ、姉ちゃんおかえり」

ドアを開けた途端、玄関まで届く生姜焼きの匂い。

その匂いに釣られるようにして、まずはキッチンへと顔を出す。

「志貴ごめんね。食事当番代わってもらっちゃって」

水瀬家では平日は志貴が、休日は私が食事を作ることになっている。

今日は土曜日。本来なら私が食事当番なのだが急遽、志貴に代わってもらった。

「いいって。俺はこのくらいしかできないし。それよりも変な要求とかされてないよな？　番長に」

志貴は私の新しいバイトが暴走族と関わるものだと知っている。

しかし、その仕事内容は身の回りのお世話や食事の作り置きがメインで家政婦のようなものだと伝えた。

本当は暴走族の元で働くことを隠しておきたかったのだが、他のバイトと違いスケジュールが不規則なこと、いつか怜央といることが志貴の耳にも入るかもしれないこと。

その二点を踏まえた上で、先に話しておいたほうが余計な心配をかけないと判断した。

「番長じゃなくて、総長ね。大丈夫、いい人だよ。今日も遅いからって家まで送ってくれたし」

「へー」

「あ、そうだこれお小遣い」

私は茶封筒から取り出した三〇〇〇円をテーブルの上へと置いた。

別れ際、怜央に渡された二日分の給料の一部だ。

「お小遣いならもうもらったけど？」

「今月はサービス」

「いいって。姉ちゃんが使えよ」

志貴はテーブルに食器を運ぶものの、そこに置いてあるお金を受け取ろうとはしない。

逆の立場になり考えると受け取りづらい気持ちもよくわかるが、私は志貴がいるから毎日頑張れているのだ。

だから、これは決してひとりで稼いだお金ではない。

「いいの、これは志貴に渡す分って決めてたから。今、必要がないなら貯めておいて今度使えば？」

「……わかった。じゃあ、貯金しておく。ありがとう」

「ん、じゃあご飯の前に着替えてくるね」

志貴がお金を受け取ったのを確認した後、私は自分の部屋へと向かった。

「瑠佳ちゃんってあの蓮見怜央と付き合ってるの⁉」

「金曜の放課後、蓮見くんのバイクの後ろに乗ってたよね⁉」

月曜日の朝。

いつもならスマホをいじりながら新那が登校してくるのを待つ時間に、私は尋問を受けていた。

数名の女子が私の机を取り囲むように立ち、答えを待っている。

「えーっと……」

私が口を開くと、なぜか周りにいたクラスメイトたちが話をやめた。

おそらく、私の話を聞くために。

私と怜央の関係が気になっているのは、皆同じなのだろう。ちょうどいい、皆にも聞いてもらおう。

「実は先週から付き合うことになって」

良くも悪くも噂が絶えない有名人、蓮見怜央と一緒に下校したのだ。

皆がその理由を知りたいと思うのは当然のこと。

取り囲まれるとまでは思っていなかったが、この状況は想定の範囲内。

だから怜央とは事前に打ち合わせを済ませておいた。

「えっ、付き合ってるの⁉」

「あのときの呼び出しって告白だったんだ……！」

「でも、蓮見くんって暴走族の総長なんだよね？」

私と怜央の交際を知り、彼女たちは様々な反応を見せた。

「確かに怜央は暴走族の総長だけど、きっと皆がイメージしてるような人じゃないよ。意外と優しいし……」

「え〜それはないでしょう。優しいところなんて想像できない」

「あの目は絶対何人か殺ってるって。優しいのは瑠佳ちゃんの前でだけじゃない？」

怜央の優しい一面を知って、皆が持つ悪いイメージを少しでも払拭したい。そう思ったけれど、どうやら私の一言だけでは難しいようだ。

私も怜央と直接、関わる前だったら信じられなかったと思う。

あの冷たい瞳が私を心配して揺れるのも、思い出話をしながら微笑む姿も。

雇われ姫にならなければ、知らないままだった。

「ねぇ、ねぇ、それよりも蓮見くんとのデートってどんなところへ行くの？」

「……えっ？」

私と怜央の関係を知るために始まった尋問にはまだ続きがあったようで、新たな質問が飛んでくる。

怜央とのデート……。

『他のチームに認知されるために繁華街をぶらぶらしたり、闇狼のアジトに連れて行ってもらったりした』

なんて事実をありのまま伝えるのは良くない気がして、少しだけニュアンスを変えて言ってみる。

「皆と変わらないよ。街をぶらぶらしたり、ご飯を食べたり。あとは怜央の友達と遊んだり」

「……へー」

もっと面白い話を期待していたのか、私の回答に適当な相槌が返ってくる。

どんな話をすれば納得してくれたのだろうか。

というか、そろそろこの尋問から解放されたい。

そうだ、トイレに行くふりでもして一旦教室から離れよう。

そう思って椅子を後ろに引いたとき、背後から「瑠佳ちゃんおはよう」と新那に話しかけられた。

「お、おはよう新那！」

「今日暑いね。私、喉渇いちゃったから自販機に行くんだけど瑠佳ちゃんも……って話の途中だった？」

「私も喉渇いてる！　ってことで、ごめんね。飲み物買いに行ってくる」

まだ話し足りないのか、不満げな表情を浮かべる彼女たちにもう一度「ごめんね」と告げた後、私は振り返ることもせず新那と教室を出た。

「ありがとう、新那。助かったよ」

「なんだか大変だったみたいだね。お疲れ様」

労いの言葉は尋問により疲弊した心に沁みる。

一応、自動販売機のある場所へと歩いている私たちだけれど……。

「本当は自販機に用なんかないよね？」

私の問いかけに彼女は「えへへ」と笑った。

いつもの新那なら会話の最中に、わざわざ割り込んでまで話しかけてくるようなことはしない。

つまり喉が渇いていたというのは建前で、私を連れ出すために声をかけてくれたのだろう。私の親友は見た目だけではなく中身も天使なのだ。

「でも、なにか買っておこうかな？　手ぶらで帰ったら怪しまれそう」

「確かに。私もそうする」

自動販売機へと到着した私たちは、ふたりして大して飲みたくもないジュースを購入した。

「ねぇ、瑠佳ちゃん」

教室へと戻る道中で、なにやら深刻そうな顔をして私の名前を呼ぶ新那。

「ん、どうしたの？」

「蓮見くんといつから付き合ってるの？」

「え？」

「さっき教室で話してたでしょう？」

「あー……あれは、ほら。姫のバイトしてますなんて言えないから、付き合ってることにしたの」

「じゃあ、本当は付き合ってないってこと？」

「うん、私と怜央はただの雇用関係。もし、仮にそれが事実だとしても、私がそんな大切なことを新那よりも先にクラスの子たちに話すわけがないでしょう」

「……よかった。私の知らない間に瑠佳ちゃんが蓮見くんに取られちゃったのかと思った」

……なんだ、この可愛い生き物は。

「安心して、私と怜央の関係が変わることなんてないから。あ、そうだ。この件も含めて色々と話したいことがあるから、お昼は落ち着いて話せる場所でご飯食べない？」

「いいけど、そんな場所あったっけ？」

「屋上とか」

私がそう言うと新那は首を傾げる。

「屋上って入れないよね？」

「…………（本来はね）」

「瑠佳ちゃーん？」

「入れるよ？　私だけの力では無理だけど」

「……なんだか、ものすごーく嫌な予感がする」

ごめん、新那。その予感は多分、当たっている。

私たちは四限終了のチャイムが鳴った後、お弁当を持って屋上へと向かった。

階段をのぼり終えた先にある扉には〝立ち入り禁止〟の文字。

ドアノブには太い鎖がかけられていて、南京錠で固くロックされている。

……そう、普段なら。

「開いてるってことは、開けた人が中にいるんだよね」

ドアノブに手を伸ばした私の横で青ざめた顔をした新那が言う。

「ちょ、新那。顔色悪いよ、大丈夫？　保健室行く？」

「大丈夫。これは緊張してるだけで、メンタル的な問題だから」

「それって大丈夫なの……？」

「大丈夫、瑠佳ちゃんの親友代表として乗り越えなきゃいけない壁だもん」

そんな壁を設置したつもりはないんだけれど。あと、私の親友は新那しかいない。

本当なら超がつくほどの人見知りである彼女に無理はさせたくない。けれど、今日は怜央から新那も一緒に連れてくるよう言われていた。

「じゃあ、行くよ」

「うん……！」

屋上に来るのは二回目だけれど、正直一回目のことはあまり覚えていない。

あのときは呼び出された理由を探すのに必死だったから……。

だから扉を開ける瞬間、私も少しだけ緊張で胸がきゅっとなった。

「お、お待たせ」

扉を開けて真っ先に目に入ったのは、花柄のレジャーシートの上に座る怜央の姿。

暴走族の総長と花柄のレジャーシートというミスマッチな光景に思わず「なんでレジャーシート？　しかも花柄」と口にしてしまう。

「備品って書いてあったダンボールが置いてあっただろ。その中にあったやつ」

そういえば扉の隣にあったような気がする。

つまり、そこから拝借したってわけね。

「いつもここにシートを敷いてさぼってるの？」

授業をさぼっているときはだいたい屋上にいる。と怜央はこの前、行ったファミレスで話してくれた。

ここは日当たりもよく、寝転んだら気持ちが良さそうだ。

「今日は特別。瑠佳を地べたに座らせるわけないだろ」

……そういうの本当にずるいと思う。

特別って言葉を当たり前のように口にするところも。

「ありがとう。でも、レジャーシートがなかったらどうしてたの？」

私を地べたに座らせるつもりはなかったと話す怜央だけれど、このシートは屋上にあったもので、始めから用意されていたわけではない。

「俺の膝の上が空いてるだろ」

膝の……上……？

それって私が怜央の膝の上に座るってこと？

「………」

頭の中にうっすらと浮かんだイメージはすぐさまかき消した。

そして心の底から思った。レジャーシートがあってよかったと。

どこの誰だかわからないけれど、置いておいてくれてありがとう。

私は危うく、親友の前で膝の上に座らされるという羞恥プレイを味わうところだった。

「色々と話さなきゃいけねぇことがあるから、とりあえず座れよ」

「あ、うん」

敷かれたレジャーシートに感謝をしながら、その場に腰を下ろす。

「言われたとおり新那も連れてきたよ」

「こ、こんにちは」

新那は、か細い声で挨拶をすると、レジャーシートの横で小さくしゃがみ込《こ》んだ。

「新那もこっちに座りなよ？」

「だめだよ。だって、これ瑠佳ちゃんのために用意されたものでしょう。私が座ったらなにを言われるか……」

怜央の顔色をうかがいながら、そっと耳打ちをしてくる新那。

「なにも言われないって」

「で、でもっ」

「ていうか、これ備品で怜央の物でもないし」

「そうなんだけど……」

「なに、ごちゃごちゃと話してんだよ」

コソコソと話す私たちの声はいつの間にやら大きくなっていたようで、怜央が会話に割り込んでくる。

この距離で聞こえないように会話をするなんてはじめから無理があったんだ。

なんだか怜央はいつもより気が短い気がするし、新那はさっきの言葉で完全に萎縮してしまった。このままでは一向に話が始まらない。

私がどうにかしないと。

「新那がシートに座るのを遠慮してるんだけど別にいいよね？　座っても」

「は？　別に許可なんていらねぇよ」

怜央の顔には「そんなことで時間を取ってたのかよ」と書かれてある。

「だよね？　ほら新那、座って座って」

膝を抱えしゃがみ込んでいた新那は「失礼……します……」と口にした後、靴を脱いで私の隣に腰を下ろした。これで話が進められそうだ。

「それで新那を連れてこいって言った理由は？」

「その前にバイトのことや、付き合ってるふりをすることは話したのか？」

「うん」

「瑠佳から話を聞いてるならわかってるだろうけど、小川も俺らの関係について話を合わせてくれ」

「……はい、わかりました」

「今日、ここへ呼んだのは今話した内容の確認と、あとはこれを渡すためだ」

怜央はそう言うと置いてあったレジ袋からこの間、私にくれた狼とは違う毛色の子を取り出し、新那へと向けて放り投げだ。

大きな放物線を描きながら空を飛んだ狼は、慌てて出した新那の両手の中にすっぽりと収まる。

「かわいー……。じゃなくて、なんですかこれ」

「防犯ブザー、使い方は瑠佳に聞けばわかる。一応、小川にも渡しておこうと思って」

「これ、可愛いよね。しっぽを引っ張ると音が鳴るの」

私がブザーの鳴らし方を説明すると、狼のお尻をまじまじと見つめる新那。

どうやら、もふもふとした狼の可愛さに緊張が少しほぐれたようだ。

「この狼って色んな種類の子がいるんだね。どこに売ってるの？」

「特注だから店には売ってねぇよ。俺と真宙、あとは幹部の奴ら三人しか持ってない特別なものだ」

「じゃあ、私が持ってるのは……」

「元々は俺の。他の奴らも彼女に持たせてる」

知らなかった。

怜央から渡された狼はこの世に五体しか存在しない内の一体だったんだ。

「あれ？　じゃあこれは……」

新那が渡されたこの青の毛色の子にも持ち主がいるってことだよね？

「真宙のを借りてきた。あいつ今、特定の女はいないから使わねぇってさ」

真宙くんのものだったんだ。

「へ、へー。そうなんだ」

〝特定の女は〟ってところに引っかかったけれど、そこはあえて聞かなかったことにしよう。

「だからまぁ、大切にしてやって」

新那は怜央の言葉に一度小さく頷いた後、「あの」と声を振り絞って話しだす。

「……防犯対策をしなきゃいけないってことは、瑠佳ちゃんがするバイトって危ないことなんですか？」

「そうだな。総長の姫は危険を伴うことが多い」

「やっぱり、そうなんですね」

「でも心配しないで新那！　怜央だけじゃなくて、闇狼の皆も護ってくれるから。それに、私が護身術や柔道を習わされてたの知ってるでしょう？」

「知ってるけど……」

「この前、学校に侵入した不審者だって、私ひとりで捕まえたし大丈夫だよ」

新那に余計な心配はかけたくない。そう思って必死にフォローをするも、彼女の耳に私の言葉は届いていないようだった。

「正直、私は瑠佳ちゃんにこのバイトを辞めてほしいと思っています」

「に、新那。どうしたの急に」

「急じゃないよ。私の気持ちは最初から変わっていない。瑠佳ちゃんに危ないバイトをしてほしくないの」

「そうだったね。でも私は……、」

「小川の言いたいことはわかった」

私の言葉を遮るように怜央が言う。〝わかった〟ってどういうこと？

私が雇われの姫を辞めてもいいってこと？

不思議なことに、このときの私は高時給のバイト先を失うことよりも、怜央にとって替えの利く人間だったという事実の方にひどく胸が痛んだ。

膝の上に置いていた手をぎゅっと握りしめる私の横で、新那が安堵のため息をもらす。

「それで？　小川の言うとおり瑠佳がこの仕事を辞めたとして、生活はどうすんの。お前が代わりに瑠佳を雇うのか？」

怜央は続けて「無理だろ」と口にすると鼻で笑った。

「そ、それは……」

「外野が口を出すのは簡単だよな。本気で辞めてほしいのなら、このバイトと同じ、もしくはもっと好条件のバイトの話でも持ってこいよ」

「ちょっと、怜央！　新那は外野なんかじゃないから。私の大事な親友をそんな風に言わないでよ」

「じゃあ、その親友は瑠佳にバイトを辞めさせた後、責任取って一緒に働いてくれんのか？　違うだろ？　だから外野だって言ってんだよ」

「それとこれとは話が違うでしょう。私は新那にそんなこと求めてない」

「なら、瑠佳が家計のためにやるって決めたバイトに何度も口出すのもおかしいだろ」

「それは私を心配して言ってくれてるの」

「だから心配してるなら口だけじゃなくて行動で示せって言ってんだよ」

「あ、あの！　もうやめてください。悪いのはなにも考えていなかった私です」

お互いに一歩も引こうとしない私たちを見て、新那が止めに入る。

「新那……」

「蓮見くんの言うように私、口だけだった。ごめんね、瑠佳ちゃん」

「そんなことないよ。新那はなにも悪くないって」

「ううん。あの……私にこれを持つ資格はないのでお返しします」

新那はそう言うと手に持っていた青毛の狼をレジャーシートの上へと置き、靴を履いた。

「そういえば私、数学の課題まだだったから先に戻るね」

「ちょ、新那！」

私の呼びかけにも足を止めず、走り去っていく新那。

「私も教室に戻るから」

課題があるなんて絶対に嘘。新那はきっと、どこかでひとり泣いている。

あのときみたいに――。

「放っておけよ？　ひとりになりたいんだろ」

「無理に決まってるでしょう！　なんであんなに冷たく当たったの？」

「俺はいつもと変わんねーよ。特別扱いするのは姫だけだ」

「怜央がそんな考えなら、私はこの仕事を続けられない」

私はどこかで期待していた。

姫を必要とする彼なら、発言を撤回して止めてくれると。けれど、

「そうか」

了承とも取れる言葉を口にした後、怜央は私から目を逸らした。

それが彼の出した〝答え〟だった。

やっぱり、私の替えなんていくらでも利くんだ。

所詮、ただのバイトだもんね。

怜央だって口答えばかりして、いざというときに役に立たない私なんかよりも、もっと姫に相応しい人を見つけたくなったのかもしれない――。

予鈴が鳴る五分前。人気のない外階段で背中を丸めて座る新那を見つけた。

彼女は私の姿を確認した途端、涙腺が決壊したかのようにぽろぽろと大粒の涙をこぼす。

「もう、捜したんだから」

新那の前にしゃがみ込むようにして座ると、真っ赤になった瞳が目に入った。

もっと全力で走って、一秒でも早く彼女の涙を止めたかった。

ここに来る途中、怜央のことばかり考えていた自分が情けないし恥ずかしい。

「ごめんね」

「どうして瑠佳ちゃんが謝るの……って……瑠佳ちゃん？」

「ん、なに？」

「あの後、蓮見くんとまた喧嘩になった？」

あれは喧嘩っていうのかな。……姫を辞めることになるかもしれない話は新那が落ち着いてからにしよう。

「してないよ。どうして？」

「だって瑠佳ちゃんも泣きそうな顔してるよ？」

私、そんな顔してたんだ。自分じゃ気づかなかった……。

「瑠佳ちゃん？」

「――そんなことないよ」

この気持ちをどう表現したらいいのかわからなくて、私は無理に笑顔を作った。

【怜央 side】

電話口から聞こえてきたのは『それはお前が悪いな』という真宙の呆れた声。

数分前、瑠佳は小川を追いかけるようにして屋上から出て行った。

「姫を怒らせた」と真宙に電話をかけたのは、瑠佳がいなくなってからすぐのこと。

事の次第を話すと、真宙は盛大なため息をもらした。

『お前が瑠佳ちゃんのことを思って言ったのはわかるけど、言い方ってもんがあるだろ。いーいーかーたー』

「悪かったな」

闇狼、副総長の真宙とは櫻子と同じで幼い頃からの仲だ。

いわゆる、幼なじみというやつ。

だから今あいつがどんな顔をしているのか、俺には手に取るようにわかる。

「お前、笑ってんだろ？」

『うーわ、なんでわかんの』

「逆になんでお前はばれないと思ってんだよ」

『ははは。だって、闇狼の総長様がひとりの女の子のことで悩んで電話かけてくんだもん。そんなの笑わずにはいられないでしょ？』

「あのなぁ、こっちは真剣に」

『はいはい、わかってるって。仲直りしたいんだろ？』

「仲直りって子供かよ」

『喧嘩した後に仲直りすんのは子供も大人も一緒だっつの。だから、さっさと瑠佳ちゃんと仲直りしろよ』

「どうやって？」

『どうやってってお前。もしかして、それを聞くために俺に電話してきたのかよ』

本日二度目のため息がはっきりと聞こえた。

「お前の得意分野だろ」

『まぁ、俺にとっちゃ女の子の機嫌を取ることなんて朝飯前だけど』

真宙はそう言うと『エリちゃーん』と少し離れた位置にいたであろう女の名前を呼んだ。

その呼びかけに甘ったるい声で『なぁに』と返事が返ってくる。

そしてジャリジャリと砂の上を歩くような足音が聞こえた直後、チュッとわざとらしいリップ音が響いた。

ゲッ……。あいつ今、なにしやがった。

電話口から聞こえてきた音に、思わずスマホを遠ざける。

『えーなに、真宙』

『んー、昨日エリちゃんが家誘ってくれたのに行けなかったから怒ってるかなーと思って』

『エリそんなので怒んないよぉ』

なにを聞かされているんだ俺は。

『それよりもキスだけ？』

『続きは電話が終わってからね』

真宙の言葉に『はーい』と素直な返事をするエリという女。

『わかった怜央？』

「あ？　今のでなにがわかんだよ」

『……ったく。たった今、俺が実践してやっただろ。言葉で上手く伝えられないなら態度で示すんだよ。ご機嫌な声が聞こえたろ？』

……こいつに聞いた俺が馬鹿だった。

「参考になんねーよ。つーか授業さぼってなにしてんだよ」

『その台詞はお互い様だろ。どうせ怜央も屋上に居るんだから。てか、まともな意見が欲しいなら、俺じゃなくてあいつに相談しろよ』

「あいつはお前と違って授業中に電話出ねぇんだよ」

『なんだ、俺は二番手ってわけね。もう素直に謝りゃいいんじゃねぇの？　色々言ったけど機嫌取るのと、仲直りすんのは別もんだしな』

真宙は飽きてきたのか、あくびをしながら話をする。けれど、言っていることは正しかった。

どれだけ機嫌を取ろうが相手の心に寄り添わなければ、その場しのぎにしかすぎないからだ。

最初からそう話してくれたら、不必要な会話を聞くこともなかったんだけどな。

「後で瑠佳に謝るわ。ありがとな」

『へー、怜央は機嫌よりも仲直りを取るんだ』

「どういう意味だよ」

『瑠佳ちゃんは怜央の姫だっていっても、櫻子が狙われないようにするために用意した偽物だろ。適当に機嫌取っておけばいいのに』

副総長の真宙と情報屋のライトだけは瑠佳が雇われの姫だという事実を知っている。

「俺は、」

『なに、特別な感情でも持っちゃった？』

「……んなわけねーだろ」

『……そ。もう解決したみたいだし、切ってもいい？　さっきからずっとエリちゃんが寂しそうなんだよね』

「知らねぇよ。あ、そうだ真宙。お前、授業が終わったらうちの学校まで来いよ」

『うわーなにそれ。めんど』

「総長命令だ」

『はいはい、わかりました。じゃあ、切るねー』

「おう」

真宙との通話を終えた後、俺はとある場所へと向かうために屋上を後にした。

◇甘えられない強がり姫

あの後、水道で顔を洗った私と新那は出欠が取られる寸前ギリギリのところで、どうにか五限の授業へと滑り込んだ。

授業後、確認したスマホに怜央からの連絡はなし。

六限が終わり、ＳＨＲが終わってもスマホが通知ランプを光らせることはなかった。

「新那、今日って部活休みだよね？　暇ならどこか寄っていかない？　他の子とシフト代わったから急遽休みになったんだ」

鳴らないスマホは鞄の奥底へとしまい、新那へと声をかける。

明日にはまた一からバイトを探さなければならない。

今日くらいパーッと遊んで気分転換するのも悪くないだろう。

それに新那と改めて話もしたいし。

「暇！　すっごく暇！　瑠佳ちゃんと遊ぶの一か月ぶりだよね？」

「そうだね」

テニス部に所属している新那とバイトを掛け持ちしている私の予定が合うのは稀で、長期休暇を除けば年に数回ほど。

祝日や土日を使って会うことはあるけれど、放課後に遊ぶということは滅多にない。

「瑠佳ちゃんと行きたいところいっぱいあるんだ！」

まだうっすらと赤い目を輝かせながら新那が笑う。

「おすすめは？」

「今日は天気がいいから今年できた駅ビルの空中庭園なんかどう？」

「空中庭園かぁー、いいね」

新那のことだから、お金をかけなくても楽しめる場所を事前に探しておいてくれたのだろう。

「そこね、撮影スポットや飲食スペースもあって持ち込みもOKなんだって！」

「じゃあ、近くのスーパーでなにか買ってから行こうか」

今から向かう空中庭園の話で盛り上がっていると突如、教室の空気がぴりつき静寂に包まれた。

その原因がなんなのか、私はもう確認せずともわかってしまう。

「瑠佳」

数日前とは違い、彼ははっきりと私の名前を呼ぶと周りなんか気にもしない様子で目の前へとやって来た。

「今日、バイト休みになったって言ってたよな？」

いつもと変わらない口調の怜央が私に問いかける。

数時間前に言い争ったことなど、忘れてしまったのだろうか。

「そうだけど、それがなに？」

「じゃあ、今日は俺に付き合え」

「なに言ってるの。私はもうク……」

喉まで出かかっていた〝クビ〟という言葉を慌てて呑み込む。

危ない……ここ教室だった。

怜央は後に続く言葉を察知したのか「は？　俺はお前を手放すなんて言ってねぇ」と口にすると、銀色の髪から覗く綺麗な瞳に私を映した。

「なにそれ……」

「海。連れて行くって約束しただろ」

「したけど……。私はまだ怜央のことを許したわけじゃないから。それに今日は新那と遊びに行くの」

「瑠佳ちゃん。私が言うのもなんだけど行ってきたら？」

　私と怜央のやり取りを静観していた新那がぎこちない笑顔で言う。

「でも、」

「お前も来いよ」

「……へっ……？」

　この状況から察するに、お前とは新那のことだろう。

「来るだろ？」

　はい。以外の答えは受け取らない。そんな高圧的な怜央の態度に、新那はゆっくりと首を縦に振った。

「じゃあ、決まり。行くぞ」

「え、ちょ待ってよ。怜央……！」

　先に教室を出た怜央を追うために新那の手を取り歩きだす。

　背後からは「私、蓮見くんを怒らせたから海に沈められるんだ」という不穏な言葉が聞こえてきた。

『今、教室から出てったの蓮見だよな？　なにしに来てたの』

『さー知らね。でも、水瀬と言い争ってたから痴話喧嘩じゃね？』

『あの蓮見が⁉　意外だな』

『つーか、よくあんなのと付き合えるよな水瀬』

『それな。ドジな委員長としっかり者の水瀬が俺的にはお似合いだと思ってたんだけど』

『いや、委員長は良い奴だけど男としてはないっしょ』

『お前ひでーな』

教室を後にした私たちは、こんな会話のことなど知る由もなかった。

＊

「海だー!!!」

目の前に広がるのは絵に描いたような白い砂浜に青い海。

風に乗って流れてくる潮の匂いをもっと感じたくて、鼻から大きく息を吸う。

「はぁーこの感じ懐かしい」

数年ぶりの海に感動していたのは、どうやら私だけではなかったようで……。

「ほんとだ、海だ」

隣からは同じように語彙力を失った新那の声が聞こえてきた。

「やっぱり海沿いは肌寒いね」

「うん。来るにはまだちょっと早かったね。海入りたかったなぁ」

「足までなら大丈夫じゃない？」

私たちの会話を黙って聞いていた怜央に「ちょっとだけいい？」と尋ねると「念願の海だろ。好きにしろよ」という言葉が返ってきて、私と新那はその場でローファーと靴下を脱ぎ捨てた。

そして砂浜へと足を踏み入れる。

「うわっ砂だ」

「砂だね～」

相変わらず語彙力のない私たち。

「いや～女の子が海ではしゃぐ姿はいいね。太陽よりもふたりの方が眩しいよ。ねぇ、怜央サングラス持ってない？」

「は？　なに、くだらねぇこと言ってんだよ。真宙」

「くだらないってひどいな。怜央もせっかく海に来たんだからテンション上げたら」

「……ったく、電話したときは乗り気じゃなかったくせに」

「それは急に理由も言わず呼び出すからじゃん。でも、可愛い女の子がいるなら話は別でしょう」

「なんだそれ」

私と新那が一歩ずつ砂浜を歩く後ろで、なにかを話す怜央と真宙くん。

どうして、ここに真宙くんがいるのか。

話は一時間ほど前に遡る――。

ローファーに履き替えた私たちは、信じられない光景を目の当たりにした。

それは数メートル先の正門に集まる大勢の女子生徒の姿。

怜央のギャラリーならば、あんな風に騒ぐようなことはしないだろう。

あの大群をかき分けなければ外には出られない。

どうしたものか……と考えていると、途中でバイクを取りに行っていた怜央が戻り、なんの躊躇もせず正面突破を試みた。

すると、一番手前にいた生徒が怜央に気づき道を開ける。

今度はその奥にいた生徒が。

誰かが号令をかけたわけでもないのに、次々と左右に分かれるギャラリーたち。

そして、ものの数秒で一本の通り道が完成した。

ギャラリーたちの急かすような視線を感じながら歩いていると、右側の方から「おせーよ、怜央」と誰かが声をかけてくる。

「ごめん、道開けて」

続く男の一言で、また新たな道が完成し、その先から歩いてきたのは……。

ま、真宙くん！……だよね？

一昨日、顔を会わせたときにはアッシュグレーだった髪が今日は金色に染まっている。

だけど、彫りの深い綺麗な顔立ちと耳に着けられているピアスから察するに、彼は闇狼で副総長を務める真宙くんに違いない。

「おい、真宙。なんでこんな騒ぎになってんだよ」

「あー……。なんか連絡先を交換したいって女の子たちが絶えなくて。でも、遅れてきた怜央の責任でもあるから」

「は、俺？」

「こんないい男をひとりにしてたらどうなるかなんて、容易に想像できるでしょう」

「できねーよ」

「それは残念。怜央にはもっと俺の魅力をわかってもらわないと」

真宙くんはそう言うとギャラリーたちが見ている中で、怜央の肩にわざとらしく腕を回した。

すると、全方位から悲鳴にも似た歓声が上がる。

人混みをかき分けながら帰宅する男子生徒たちは皆、真宙くんに白い目を向けていた。

それは隣にいた〝彼〟も例外ではなくて……。

「いい加減にしろよ」

肩に回された腕をさっと払いのける怜央。

「怜央もこのくらいファンサービスしないと」

「なにがファンサービスだよ。つーか、いい加減この状況をどうにかしろ。お前が寄せ付けた女たちだろ」

「はいはい。皆、怜央が来たからお喋りはまた今度会ったときにね」

真宙くんが手を振ると、ギャラリーたちは一斉に残念そうな声を上げる。

「真宙くん、後で連絡するね」

「私もー！」

「うん、待ってる。皆、気をつけて帰るんだよー」

真宙くんの甘いスマイルに今日一番の歓声が上がった。

「やっと静かになったね。あ、瑠佳ちゃん一昨日ぶり」

「……あ、えっと、どうも」

「隣の子はお友達？」

真宙くんが私から新那の方へと視線を移す。

「あ、はい。そうです」

「へー、名前はなんて言うの？　俺は真宙」

初対面・男子・暴走族・チャラそう（偏見）。

新那の苦手要素しか詰まっていないけど大丈夫だろうか。

「お、小川っ……！　小川新那です……」

私の腕を掴みながらなんとか自己紹介を済ませた新那。

「新那ちゃんね。おっけー！　ところで今日はなんの呼び出し？」

「今から瑠佳たちと海に行く。んで、足が足んねーからお前を呼んだ」

「あーなるほど、そういうことね。皆で海ってことは、ちゃんと瑠佳ちゃんにごめんなさいしたんだ？」

「……………」

「もしかして、まだ謝ってないの？　ったく、俺のアドバイスは全無視かよ」

真宙くんは一体、なんの話をしているのだろう。

「怜央さ、今日俺に相談の電話かけてきたんだよ。瑠佳ちゃんを怒らせちゃったから、どうすればいいかって」

「……えっ」

「別に相談のつもりでかけてねーよ」

「いやいや、第一声から瑠佳ちゃんのことだったけど？　それに俺がアドバイスしたら『ありがとな真宙。やっぱり俺にはお前しかいない』って言ってたじゃん」

「人の言葉を勝手に捏造すんな」

「俺は手っ取り早く抱いちゃえばって思ったんだけど」

「その口塞ぐぞ」

「怜央くんのえっちー」

真宙くんはチャラいというよりも全体的に軽くて、見ているこっちが怖い。

いや、それよりも今〝抱いちゃえば〟って言葉が聞こえたような気がするんだけど気のせい⁇

「さてと。冗談はこのくらいにしておいて、ふたりに言うことがあるんじゃないの」

さっきまでふざけていた真宙くんが急に真面目なトーンで話しだしたものだから、現場は妙な緊張感に包まれた。

「……瑠佳、それから小川。昼間はきつい言い方して悪かったな」

怜央からの謝罪の言葉に私と新那は思わず顔を見合わせる。

「私は新那にさえ謝ってくれたらそれで十分だから……。こっちこそ雇われの身なのに偉そうなことを言ってごめん。クビにしないでいてくれてありがとう」

「言いたいことを我慢する必要はねぇから、瑠佳はこれからもそのままでいろよ」

「……うん。わかった」

「わ……私は昼間、蓮見くんに言われたことが……その結構胸に刺さって。でも、それは痛いところを突かれたからです。私は蓮見くんに言われたとおり自分の意見を瑠佳ちゃんに押し付けているだけでした」

「小川はまだ納得していないだろうけど、俺は瑠佳を誰よりも大切にするって誓う。だから、そばにいることを許してほしい」

怜央はそう言うと深く頭を下げた。

思いがけない行動に新那だけではなく、隣にいた私も目を丸くする。

「あああ、頭なんか下げないでください。後が怖いです……！」

動揺からか、本音がこぼれる新那。

「瑠佳ちゃんが蓮見くんのそばにいることを望むのなら、私はもうなにも言いません。ただのバイトじゃなくて、瑠佳ちゃんを大事に思ってくれていることがわかったので。その代わり、絶対、絶対に！　瑠佳ちゃんを護ってください」

「新那……」

「ああ、約束する」

怜央が新那にそう誓った後、パチンと両手を合わせた音が鳴る。

私と怜央、それから新那はたった今手を叩いた真宙くんへと視線を向けた。

「よし！　じゃあ仲直りってことで、海行こっか」

こうして海へと向かうことになった私たち四人。

真宙くんとニケツをすることになった新那が心配で、そっと「大丈夫？」と耳打ちをすると「大丈夫だよ。それよりも私、蓮見くんのこと少し誤解してたかも。瑠佳ちゃんってすっごく大切にされてるんだね」なんて言葉が返ってきた。

今日は今年に入ってから一番気温の高い一日で、朝から【熱中症に注意】とスマホに警報が届いていた。

桜はすでに散り、ＧＷも先日終了。暦の上では夏だというが、まだ五月の中旬。海水浴をするには時期尚早で、足だけを水につけようと決めた私と新那は、たった今「「せーの！」」と声をそろえて海の中へと飛び込んだ。

今年一番の暑さといっても、水温はまだまだ低い。

足先はキンッと冷え、腕や足には鳥肌が立つ。

でも、

「冷たいけど、まだ出たくないね」

私が思ったことを先に新那が口にした。

「せっかくの海だし、もう少し入ってよっか」

「うん！　なんだか、夕日に照らされながら入る海ってエモい気分になるね」

「なにそれ。私はちょっとわかんない」

「えーっ。……あのさ、瑠佳ちゃん」

「ん、なーに？」

「私が転校してきた頃のことって覚えてる？」

「もちろん覚えてるよ」

それは私が小学四年生になってから数か月が経過した頃の話だ。

隣のクラスに転校してきたのは、ひとりの女の子。

学生にとって転校生がやってくるというのは一大イベントに近い。

それに加えて皆が〝お姫様みたいに可愛い女の子〟だなんて言うものだから、小川新那の名前はあっという間に学校中へと広まった。

「クラスに馴染めなくて、他学年の人にもコソコソと噂されて……もう学校に行きたくないと思ってたときに瑠佳ちゃんが私を見つけてくれたの。今日みたいに」

「確かあのときは理科室の隣にあった階段だったよね」

「え、場所まで覚えてるの？　私は瑠佳ちゃんと初めて話した日のことだから、もちろん覚えてるけど」

「あんな印象的な出会い忘れないよ」

その日、私は四限目の授業で使った図書室に筆箱を忘れて、昼休みに鍵を借りて取りに行ったのだ。

職員室からの帰り道、階段をのぼっていると耳に入ったのは女の子のすすり泣くような声。

踊り場から恐る恐る覗いてみると、涙を流していたのは噂の転校生だった。

『どうして泣いてるの？』

『……言わない……でっ』

『え？』

『ここで泣いてたこと、っう、誰にも言わないでっ』

『言わないよ。名前、小川新那ちゃんだよね？　私、二組の水瀬瑠佳』

『…………』

『どうしたの？　なにかあったの？』

泣いている彼女をひとりにはしておけず、隣へと静かに腰を下ろす。

そして、志貴が泣いたときよくやるように背中を優しくぽんぽんと叩くと、新那ちゃんはゆっくり話し始めた。

『……前の学校に戻りたい。皆、新那のこと裏でコソコソ話すんだもん』

たった一日でこの学校の有名人になってしまった彼女。

それをよく思わなかった一部の女子が裏で彼女の悪口を言い、避けものにしているらしい。

そんな仕打ちを受ければ、誰だって元いた場所へ帰りたくなるだろう。

『……放っておきな。その子たちはきっと新那ちゃんを妬んでるだけだよ。だってうちの学校で一番可愛いから』

『そんなの……っ』

『どうしようもないよね？　だから新那ちゃんは悪くないし、こんな場所でこっそり泣く必要もないんだよ』

『……う……ん』

『ねぇ、前の学校では休み時間、なにして遊んでたの？』

『えっと……教室に置いてあったオルガンを弾いたり、喋ったりしてた。お昼休みは校庭で縄跳びとか』

『へー！　うちの学校は教室にオルガンは置いてないなぁ。でも、縄跳びならあるから今からやろう!!』

『で、でもっ……』

『大丈夫！　新那ちゃんはもうひとりじゃないよ。私がいるから!!』

私が泣いているといつも優しくぽんぽんと背中を叩いてくれたお母さん。

話の最後には必ず『瑠佳はひとりじゃないよ。お父さんとお母さん、それに志貴だっているじゃない』と勇気づけてくれた。

そしてお母さんが亡くなった今、その言葉をかけるのは私の役目になった。

『志貴はひとりじゃないよ』

私がそう言うと、柔らかくて小さな手は私の手をぎゅっと握りしめてくる。

そんな志貴と新那ちゃんの姿が重なって、私が笑顔にしなくちゃって、そう思ったんだ――。

「――あの日から瑠佳ちゃんは私のヒーローなんだ」

「いや、大げさでしょう」

「大げさなんかじゃないよ……！　瑠佳ちゃんがひとりじゃないよって声をかけてくれたから私は頑張れたの。それなのに私は瑠佳ちゃんをひとりにしてた」

その言葉の後、新那の瞳には悲しみの色が浮かんだ。

「新那？」

「……今日、蓮見くんの話を聞いて私の行動は瑠佳ちゃんにとって、負担でしかなかったことに気づいたの。バイトを辞めてほしいなんて何度も言ってごめんね」

「それは……。私が最初にきちんと話さなかったからだよ。お金を稼げるなら多少危険なバイトでもやる覚悟があるってことを。そうでなきゃ家計を支えられないってこともね」

今まで新那の前で『給料日前だから金欠だー』なんて笑って話すことはあっても、本当の不安を口にすることはなかった。

「私に話せなかったのは強くて、優しくて、ひとりでなんでもできる。……そんな理想像を私が瑠佳ちゃんに押し付けていたからでしょう？」

新那の中にある理想の私を壊さないように――。

違う、私はそんなにできた人間じゃない。

「ううん。私はただ、自分の弱さを見せることができなかっただけ。一緒にいて、しんどい人間だって思われたくなかっただけなんだよ」

「私、瑠佳ちゃんと一緒にいてしんどいだなんて思ったことないよ！」

「でも、気は遣うでしょう。本当はもっと行きたい場所や、やりたいことがあるのに私のせいでできないから」

「なにそれ。私は瑠佳ちゃんと一緒にいられたらそれだけで楽しいし、嬉しいの。瑠佳ちゃんは違ったの？」

新那は他の子が離れていく中でも、ずっと私と一緒にいてくれた。

わかってる、わかってるんだよ。

でも、

『また瑠佳ちゃんにカラオケ断られた』

『父子家庭で大変らしいから仕方ないよ』

『でも、プリクラも映画もアミューズメント施設もだめ。ファミレスも贅沢だって言ってたらどこにも行けないよ』

『もう瑠佳ちゃんは誘わなくてもいいんじゃない？』

皆、小学生の頃は仲の良い友達だった。

「私だって新那とならどこへ行っても楽しいよ。でも、成長するにつれて変わることだってあるでしょう」

「あるよ、だけどそれと同時に変わらないことだってあるの。瑠佳ちゃんは私の親友でこれからもずっと一番だもん！」

大きな瞳を潤わせながら、じっと私を見つめる新那。

目尻からツーっと一筋の涙がこぼれ落ちた瞬間、彼女はこの足先がキンっと冷えてしまうほどの冷たい海水を手のひらに掬《すく》って顔を洗った。

「ちょ……！　なにしてるの」

私が叫び終わるのとほぼ同じタイミングで、新那が水に濡れた顔を上げる。

「泣かない。泣いてないから」

「なんでも話してとは言わない。でも、瑠佳ちゃんが今みたいな不安を抱えているなら教えてほしいし、負担に思うようなことがあったらはっきりと言ってほしい。ずっと親友でいたいから」

「う、うん……？」

「私はもうひとりで泣いていた転校生じゃないよ。もっと頼って、甘えて、信頼して。私だって瑠佳ちゃんのことをひとりになんてしないんだから」

「に、いな……」

新那の言葉にどんどん目の前の視界が歪んでいく。

冷えた頬に伝う熱いものを感じて、数秒前に新那が取った行動を真似する。

パシャンと水の跳ねる音に混じり、新那の悲鳴にも似た叫び声が聞こえた。

「る、瑠佳ちゃん!!」

ひどく冷たい海水は一瞬にして私の涙をさらっていく。

「つっめた！　よく我慢したね!?」

涙は止まった。でも、今度は震えが止まらない。

「……正直、後悔はしてる」

そう口にした新那も同じく小刻みに震えていた。

「ふっ……あははは。なにやってんの私たち」

「本当だね」

「新那がエモいとか言いだして、過去の話を始めるからでしょう」

「ち、違うよ！　私は空中庭園に行っても同じ話をしてたよ。きちんと謝りたかったから」

「ごめんね。それからありがとう新那。あのさ、早速ひとつ話したいことがあるんだけど……」

「な、なに⁉　なんでも聞くよ！」

「新那は私のことヒーローだって言ってくれたけど実は今日、新那を捜しているとき、私の頭の中は怜央のことでいっぱいだったんだ。……失望した？」

　私としては自分が薄情だなと感じた部分をさらけ出したつもりだったのだが、新那は「え……そんなこと？」と落胆する。

「……私ってひどい人間だなと思ったんだけど」

「瑠佳ちゃんは自分に厳しすぎるよ。瑠佳ちゃんみたいな人を薄情って言うなら、この世の人間のほとんどが薄情だよ」

　それはさすがに言いすぎだと思う。

「瑠佳ちゃんは九割、優しさと思いやりでできていると言っても過言じゃないんだから。……もっと自分にも甘くていいんじゃないかな」

新那はそう口にした後「こんなこと言ったら、また蓮見くんに口を出すのは簡単だなんて言われそうだけど」と苦笑い。

けれど、次の瞬間、耳に届いたのは「いや、今回は小川の言うとおりだな」と彼女の意見に同調する言葉だった。

声がした方に視線を移すと、そこにはズボンのポケットに手をつっこみながら波打ち際に立つ怜央の姿があった。

「なっ、なんで怜央が……！　って、それよりもどこから聞いてたの⁉」

〝私の頭の中は怜央のことでいっぱいだった〟

それはたった数十秒前に自らが口にした言葉だ。

き、聞かれてないよね？

「あー……、小川が瑠佳ちゃんは自分に厳しすぎるよとかなんとか言ってたところ？」

「あ、なんだ。良かった～」

怜央の答えにほっと胸を撫で下ろす。

「つーか、いつまで入ってんだよ」

「ごめん、もう出るから」

「んで、なんで顔まで濡れてんだ？」

「これには事情があって……」

「は？」

詳細を問われる前に急いで砂浜へと上がる。

そこで私はとある問題点に気づいた。

「足どうしよう……」

片足で立ちながら反対の足の裏を見る。そこにはびっしりと付着した砂。

濡れた足で砂浜を歩けば当然、足は汚れる。濡れているだけならタオルで拭けばよいが、濡れた砂はそう簡単には取れない。

「ここってどこかに水道とかあるのかな？」

「シャワー室ならあったような気がするけど、今はまだ使えねーだろ」

ローファーと靴下があるのは数十メートル先だ。

「ようは足に砂がつかなきゃいいんだろ」

「うん。なにか良い方法でもあるの？」

そう返事をした直後のことだ。

私の足は砂浜から浮き、目の前の景色が突然切り替わった。

「……へ？」

決して軽くはない私の体を軽々と抱きかかえた怜央。

彼の腕はいつの間にか私の背中と足を支えている。

一方で行き場をなくした腕を胸の前でクロスさせる私。

「腕は首な。落ちるぞ」

「いや、それはちょっと」

この腕を怜央の首に回せば完成してしまう。……いわゆる〝お姫様抱っこ〟と呼ばれるポーズが。

「なに、落とされてーの？」

「そうじゃなくて、なにこの格好」

「これなら瑠佳が砂浜を歩かなくてすむだろ」

そ……れは、確かにそうなんだけど。探せば他にも方法はあったはずで、なにも怜央がわざわざ私を抱きかかえる必要はなかった。

「とりあえず降ろして、ね？」

「やだ」

まるで子供が駄々をこねるような口調で私の頼みを却下する怜央。

「や、やだじゃなくて」

「小川、瑠佳の足に水かけて砂落として」

「は、はい！」

新那は両手いっぱいに海水を掬うと、それを私の足へとかけて砂を落とす。

「ちょ、怜央は私の話を聞いて。それから新那も怜央の言うことなんて聞かなくてもいいから！」

私の言葉には一切、耳を貸さずに海水をかけ続ける新那。

そのおかげで足はだいぶ綺麗になったのだが、正直もう足の汚れなんかどうでもいいから一刻も早く砂浜へと降ろしてほしい。

「こんなもんか。移動するから腕ちゃんと首に回せよ。落ちたら全身、砂まみれだぞ」

「ちょっと待ってよ。新那はどうするの？」

「小川のことは真宙が迎えにくるから待ってろ」

「え……。わ、私は大丈夫です！」

新那は全力で首を横へと振る。

そうしないと自分も同じ目にあうと思ったからだろう。

「だ、大丈夫！　新那！　私が迎えにくるから」

ローファーを履いたら私が戻ればいいのだ。

「俺はどっちでもいいけど、そのためにはまず瑠佳が戻んねぇとな。ほら腕」

そうだ……。私が新那を迎えにくるためには、まず自分が元いた場所へと戻らなければならない。

「わかった。新那、すぐ戻ってくるから」

「うん」

覚悟を決めた私は、恐る恐る怜央の首へと腕を回す。

……ち……近くない⁉

さっきよりもぐっと縮まった距離に、わかりやすく反応する心臓。

ばくばくと鳴るその鼓動は、今にも怜央へと届いてしまいそうだ。

お、落ち着け私。視界に映るのが怜央の首筋っていうのも良くないんだ。

そう思って瞼を閉じると、今度は嗅覚が仕事を始める。

鼻をかすめたのは怜央が愛用しているであろう香水の匂い。

匂いっていうものは厄介で、他の記憶まで呼び起こしてしまう。

そう、例えばあの日ボウリング場で唇が触れ合いそうなほど近づいたときのことか——。

だめだ、こんな状況で平静を保つなんて無理。

怜央に触れられている箇所だって、熱くて、熱くてたまらない。

こんなのはただの救助の一環なのに……‼

「やけに静かだな？　もしかして緊張してんの？」

「し、してない。それよりも、慣れてるの？　こういうこと」

「ん？」

「あ、いや……。別に気になるとかそういうのじゃなくて。その……私のこと軽々と持ち上げたから」

会話をしたままの方が、色々と意識せずにすむかもしれない。

そんな思いで咄嗟に気になったことを聞いてみたけれど、今の質問は良くなかった気がする。まるで元カノに嫉妬する彼女のようだ。

おかしいな、普段ならもっと気の利いたことが言えるはずなのに。

「ごめん、怜央。今の「櫻子が体調崩したときに何度か。って、わりぃ今なんか言ったか？」

私が質問を取り下げるよりも先に、怜央から答えが返ってくる。

「ううん、別に大したことじゃないから」

……やっぱり余計なこと聞かなければ良かった。

どうして、一度口にした言葉は取り消せないのだろう。

そして櫻子さんの名前が出るたびにちくりと刺すようなこの胸の痛みはなに？

嫉妬？　そんなわけないよね。だって怜央はただの雇い主だから。

「でも、瑠佳を抱き上げてる方がしっくりくるな」

「……え？」
「なんたって俺の姫だからな」
数センチ先の距離で、怜央が目を細めて笑う。
今、そんなことを言うなんてずるい。
櫻子さんと比べたいわけじゃないのに、そんなことをしたって敵うわけないのに。
怜央の言葉ひとつで胸が苦しくなる、嬉しくなる。
同じ雇い主でも、バイト先の店長にはこんな感情を抱かない。
だから本当はこの気持ちの正体に気づき始めている。
でも、私はお金のために怜央といることを選んだ。
勘違いしてはいけない、邪な気持ちなど抱いてはいけない。
当たり前のようにそばにいられるのは、今だけなんだから。
その当たり前は数か月後にはなくなり、また元の生活に戻る。
生きるために働く毎日だ。そのとき、この想いは邪魔になる。
私には、雇われの姫には、必要のない感情なんだ。
「あ、瑠佳ちゃんおかえり」
海辺から離れて数分。
階段に腰掛けていた真宙くんが、戻ってきた私と怜央に向けて手を振る。

階段に降ろしてもらった私は持っていたハンカチで足を拭く。

早く新那を迎えに行かないと。

まだ水気の残る足に靴下をあてがったとき、怜央が真宙くんに話しかけた。

「小川のことはお前に任せた」

「んー、了解」

軽い返事をした後、砂浜を歩いていく真宙くん。

「新那の迎えなら私が行くってば」

バイクの後ろに乗るのと、お姫様抱っこをされるのとではわけが違う。

「あいつサンダル持ってるから大丈夫だろ」

「あ、そうなんだ。じゃあ大丈夫そうだね」

サンダルさえあれば裸足で砂浜を歩かなくてすむ。

お姫様抱っこじゃなければ新那も安心して戻ってこられるだろう。

「……って、ちょっと待ってよ。サンダル持ってたの⁉」

「ああ、真宙がな。前に海に来たとき、一緒に来た女がバイクに置いていったとかなんとか言ってた」

「それなら私も普通に戻ってこられたんじゃ……」

たった今、抱きかかえられながら戻って来たのは一体なんだったのか。

「歩いてる途中で真宙からＬＩＭＥがきたんだよ。戻るの面倒だろ？」

そこは面倒くさがらず、サンダルを取りに戻ってほしかった。

でも、後先を考えずに海ではしゃいでいたところを助けてくれたのは怜央。

私が文句を言える立場ではない。

なんてことを考えていると、冷たい足に熱い手のひらが触れた。

「……っ」

偶然、怜央の手が当たったと思い、避けようとすると彼は再び私の足に触れる。

「なにして……」

「まだ濡れてんぞ」

怜央はそう言うと、置いてあったハンカチを手に取り私の前で跪《ひざまず》いた。

そして私の足に優しく触れると、水気の残った部分にハンカチを滑らせる。

「いいよ、自分でやるから！」

「いいから大人しくしてろ」

「でも、」

「つーか、瑠佳は先に顔と髪拭いておけよ。風邪引くぞ」

そうだった。濡れていたのは足だけではなかった。

顔を海水につけたことにより濡れたサイドの毛。そこからぽたぽたと落ちる水滴のせいで、ブラウスにはいくつもの染みができている。

「これ使えよ」

「……むっ」

顔に押し付けられたのは、怜央の鞄の上に置いてあったフェイスタオル。

白くて、ふわふわとしていて、うちのとは違う柔軟剤の香りがした。

「……タオルありがとう。あと言い忘れてたけど、ここまで運んでくれたことも」

「礼を言われるようなことはしてねーよ。瑠佳が困ってたら助ける。当たり前のことだろ」

いつもとは逆。

今日は怜央が私を見上げながら言う。

それがなんだか新鮮で、また胸が鳴る。

風に揺れる銀色の髪に思わず手を伸ばしそうになったのは、ここだけの秘密。

「……それでも、ありがとう」

「礼ならさっき聞いた。それよりも、さっさと手を動かせよ。こっちはもう終わったぞ。あ、なんなら靴下も履かせましょうかお姫様？」

冗談めいた口調ではあるが、彼の視線は置いてあった靴下へと向けられている。

「け、結構です！」

私は慌ててそれを手に取り死守した。

ちんたらしていると、本当に靴下まで履かせられてしまう。

そんな危機感を抱いた私は猛スピードで顔と髪にタオルを押し付けた。

その勢いのまま靴下を履き、ローファーに手を伸ばす。……が、こういうときに限ってミスは起こる。

「あっ、」

無理な姿勢で手を伸ばしたせいか、掴みそこねた片方のローファーがコロコロと階段を下っていった。

「あー……」

「拾ってくるから待ってろ」

「え、いいよ。私、今なら片足で取りに行けるし」

幸いにも、もう片方のローファーは無事だ。

「いいから大人しくしてろ」

本日、二度目の〝大人しくしてろ〟。……確かに、今日の私は落ち着きがないのかもしれない。

その原因は誰かさんが私を軽々と持ち上げたせいなんだけれど。

冷え切っていた体は、あれからずっと熱を持ったままだ。

「ごめん、ありがとう」

「ん」

二〇段ほどある階段の一番下まで転がり落ちたローファー。

それを片手に戻ってきた怜央は「……ったく、世話が焼ける姫だな」と口にするともう一度、目の前で跪き、私の足にすっぽりとローファーを履かせた。

その姿はまるでシンデレラにガラスの靴を履かせる王子様のようで、一瞬自分がヒロインだと勘違いしてしまいそうになった。

……こんな乙女チックな妄想をするなんて私らしくない。

「そこまでしなくても良かったのに」

「ついでだよ、ついで。つっても、瑠佳以外にはしねぇけど」

「……えっ？　ああ、姫だもんね。私は」

自分のことを〝姫〟だなんて口にできるのは、私がそれを役職だと思っているから。

「それもあるけど、瑠佳は……」

怜央が私の名前を呼んだとき、猛獣が鳴いた。

ぐぅおお～～と。……私のお腹の中で。

「…………」

「…………」

話を謎の音で遮られて黙る怜央、恥ずかしくてなにも言えない私。

「怜央！　瑠佳ちゃん！　今、すごい音したけどなに？」

「な、なにかの鳴き声かな？」

そこに帰ってきた真宙くんと新那がそろって首を傾げる。

「い、今のは……私のお腹の音です」

恐る恐る手をあげる私を見て、三人はそれぞれフォローの言葉を口にした。

「お、お腹ね！　空いたよね！　私もペコペコだよ」

えへへ、と笑う新那は今日も変わらず優しい。

「瑠佳ちゃんと新那ちゃん、水遊びで体力使ったもんね」

フォローの言葉から、真宙くんがもてる理由がよくわかる。

「……かいじゅ……猫がいたな」

それに比べて目の前の総長様は……。

可愛い動物に変えればフォローになるとでも？

でも、怜央のこういうところも案外、嫌いではない。そんな風に思ってしまう私は重症だ。

「いや、今のはなんつーか。……てか、腹減ってんならパンでも食うか」

怜央はそう言うと、鞄からベリーベーカリーと書かれた袋を取り出した。

その中から次々と出てくるお惣菜パンや菓子パン。

「おっ、有名なパン屋のやつじゃん」

それを見た真宙くんの声がワントーン上がる。

「……どうしたのこれ？」

学校から海までは寄り道をせずに来た。

「五限のときに買いに行った。瑠佳、屋上におにぎり置いていったから昼飯食えてねぇんじゃないかと思って」

新那を追いかけるために屋上を後にした私は、いつもの巨大おにぎりをその場へと置き忘れてしまったのだ。……わざわざ買いに行ってくれたんだ。

「あ、お金払うよ」

「いらねぇ。瑠佳のおにぎりは俺がもらったから、その代わり。真宙と小川も食えよ」

「お、やったー」

「ありがとうございます」

「あ、その前に俺なんか飲み物買ってくるわ。新那ちゃんも一緒に行かない？」

「え……あっ、はい！」

サンダルからローファーへと履き替えた新那は勢いよく立ち上がると、真宙くんと少しだけ距離を取って隣に並んだ。

こんなにも早く新那が心を許すなんて、真宙くんってば一体何者……？

新那と真宙くんが買い出しに出掛けたことにより、私と怜央はまたふたりきりに。

「瑠佳」

「えっ、あ、なに？」

「手、拭くだろ」

「あ、おてふきね。ありがとう」

もらったおてふきで手を拭いている間、私と怜央の間には沈黙が流れる。

なにか話したいけれど、なにを話せば良いのかわからない。

いや、正確にいうと聞きたいことはある。あるには、あるんだけれど……。

もしかしたら、私が今から口にする言葉は見当違いかもしれない。

でも、話さなければわからないことがあるということを私はついさっき学んだばかりなのだ。

「ねぇ、怜央」

「ん？」

「昼間のことなんだけど……」

「あぁー……。だから悪かったと思ってる」

「あ、いや、そうじゃなくて……！　その、違うんだったらはっきりと違うって言ってほしいんだけど」

「なんだよ？」

「正門で新那に向かってきつい言い方したって言ってたでしょう。あれって本当はなにか理由があったの？」

今日、怜央と一緒に過ごして改めて感じたことがある。彼は確かに姫を特別に、そして一番に考えている。

しかし、だからといって他はどうでもいいなんて考え方をするような人には思えない。

そもそも新那に真宙くんの狼を預けようとしたのだって、彼女の身を案じてのことだ。

「もし、そうなんだとしたら理由が知りたい」

私の言葉に怜央はがしがしと頭をかくと、小さなため息をもらした。

「……この前、ファミレスで友達がバイトを辞めてほしがってるって言ってたろ？」

「う、うん。言ったけど？」

それはバイト初日のこと。

他のチームに認知される目的で繁華街を訪れた私たちは、休憩がてらに寄ったファミレスで様々な話をした。

今、怜央が口にしたのはその中のひとつ。

『そういや、友達にこのバイトの話はしたのか？』

『うん、話したよ』

『反応は？』

『うーん、やっぱり特殊なバイトだから辞めてほしそうだった。まぁ、普通はそうなるよね』

あのとき、怜央が『……そうだな』と言って別の話を始めたところまでは覚えている。

この話と昼間、怜央の態度が変だったことが関係してるの？

「小川がまだバイトに反対してるって知って、俺が話せば口を出さなくなるんじゃないかと思ったんだよ。……そうしたら瑠佳が楽になるって」

私が楽になる……？　たったそれだけのために怜央は、憎まれ役を買ってでたってこと？

「それって私のため……に？」

「瑠佳は続けたそうに見えたからな。でも、半分は俺のため」

「あ、あぁ！　姫が突然いなくなったら櫻子さんが危ないもんね」

「それもあるけど、今さら新しい姫を探す気もねぇからな。もう瑠佳以外は考えらんねー」

怜央の言葉に他意がないことくらいわかっているけれど、替えの利かない存在だと思われていることが素直に嬉しかった。

たとえ、それがただの雇われの姫としてでも。

「だけど俺のやり方は間違ってた。ただ黙らせりゃいいって思ってたけど、それじゃあ瑠佳は喜ばねぇよな」

足元に落ちていた小石を手に取り、それを階段の下へと向かって放り投げた怜央。

「……最低」

「だから悪かったって」

「そうじゃなくて。なにも気づけなかった私がってこと。怜央を悪者にして、新那にも悲しい思いをさせた」

今回の一件で新那とは今まで遠ざけていた話ができた。けれど、私がもっと早く新那と話をしていれば怜央が憎まれ役を買う必要も、新那が自分を責めることもなかったかもしれない。

「小川には確かに悪いことをした。だけど瑠佳が最低つーのは違うだろ。瑠佳は優しいから小川に強く言えなかった。ただそれだけで俺がもっと上手くやりゃ良かったんだよ」

「……そんな怜央の優しさにすぐ気づけなかった自分が憎い」

昼間だけじゃない、私は怜央が教室に迎えにきてくれたときもひどい態度を取ってしまった。

怜央がどうしてあんな言い方をしたのか。考える時間なら十分にあったはずなのに。

「憎いってあのな……。話して数日しか経ってない奴のことなんか、そんな簡単にわかんねーよ。んなの当たり前だろ。あと、俺は別に優しくはねぇ」

優しいよ、さっきからずっと。

「だけど怜央は私がバイトを続けたかったことや新那にそれを言えなかったことに気づいてくれたでしょう?」

話して数日しか経っていない人のことなんかわからない。

そう言いながらも、彼は私の口に出せなかった気持ちに気づいてくれた。

「それは俺が……、俺の視野が瑠佳よりも何倍も広いからだろ。つーか、もう気にすんな」

「でも、」

「小川も言ってたけど瑠佳は自分に厳しすぎんだよ。もっと肩の力抜いて生きれば？　つっても、お前の性格上、難しいんだろうけど」

「ごめん」

「謝るようなことじゃないだろ。そういう瑠佳だから周りが頼ってほしい、甘えてほしいって思うんじゃねぇの。俺も瑠佳をひとりにはしねーから」

「怜央……」

怜央の言葉はありのままの自分でいい。

そう言われているようで、また目頭が熱くなった。けれど、なんだか胸に引っかかる。

頼ってほしい、甘えてほしい、ひとりにはしない。

ああ、新那から私に向けられた言葉に酷似しているからだ。

あれ？　でも、怜央はその部分を知らないはずだよね？　偶然⁇……いや、偶然なら〝俺も〟なんて言い方をするのはおかしい。

「ちょ、っと待って。本当はどこから聞いてたの⁉」

「ん？　……あ、やべっ」

「今、やべって言ったでしょう。正直に吐いてよ」

怜央の正面に回り両肩をがっしりと掴みながら前後に揺らす。

すると、彼は私から目線を外して答えた。

「……小川が海水で顔洗った辺り？」

新那が海水で顔を洗った辺り。ってことは〝私の頭の中は怜央のことでいっぱいだったんだ〟あれも聞かれてたってこと⁉

「なんではじめから本当のことを言ってくれなかったの⁉」

「俺に聞かれちゃまずい話もあるのかと思って」

「わ、忘れて！　聞いたこと全部！　記憶の中から丸々消去して！」

「無茶言うなよ」

怜央はそう言うと肩を掴んでいた私の手を取って、そのまま後ろへと体を倒した。

「え、きゃ、なにっ」

引っ張られたことによりバランスを崩した私は勢いよく怜央の胸へとダイブする。

「いたたたた。なに、急に」

「あれ以上、揺らされると脳震盪《のうしんとう》起こすわ。それとも力技で俺の記憶を消しにかかるつもりだったか？」

「そんなわけないでしょう」

体を起こそうとして地面に両手をつくと、真下にいた怜央とバチッと目が合った。

左右に流れた髪のおかげで、いつもは隠れがちな目がよく見える。

そこに映る私の姿。ずっと見つめていたら捕らわれて、逃げられなくなる。

彼の瞳からはそんな危険な香りがした。

早く、早く目を逸らさなきゃ。

視線は落ちていた小石へ。

立ち上がろうと地面についていた手に力を入れるが、怜央がそれを阻止する。

「瑠佳」

普段よりも何倍も優しい声色で私の名前を呼んで。

今、名前を呼ぶのは卑怯だ。

「こっち向けよ」

怜央の言葉に応えることも、立ち上がることもできない私。

そんな私に対して、怜央はゆっくりと手を伸ばした。

彼の長い指は私の髪を掬い、そっと耳へとかける。

次に頬へと移動すると、今度は親指を優しく肌へと滑らせた。

そんな怜央の行動に私は思わず視線を元へと戻してしまう。

「やっとこっち見た」

「……っ」

目が合った瞬間、怜央はまるでいたずらが成功した子供のように笑った。

「瑠佳」

「な、なに」

「俺だってお前のことで頭がいっぱいなんだよ」

「……え？」

〝それってどういう意味？〟私がそう口にする前に、怜央が上半身を起こす。

彼の上に跨がったまま動けないのは頬を包む温かな手のせいか、それとも近づいてくる危険な瞳のせいなのか。

もうよくわからなくて、このまま流れに身を任せてしまおうか。なんて思ったそのとき――。

「おーい、いちゃいちゃする時間をやったわけじゃねーからな」

戻ってきた真宙くんの声ではっと我に返った。

私はその場で立ち上がると、何事もなかったかのように砂のついた手を払う。

「あれ、もしかして瑠佳ちゃんが押し倒してた感じ？」

「ち、違う！　これはちょっとした事故で！」

「その割には動揺しすぎじゃない？」

「それは真宙くんが変なことを言うからであって、いちゃいちゃなんて一ミリもしてないからね」

私が強く否定する横で「……ったく、空気読めよ真宙」とつぶやく怜央。

「これ以上、話をややこしくしないで」

私が睨みを利かせると、怜央は「はいはい」と口にした後、わざとらしく舌を出した。

「またどっかの猫が鳴きだす前に食おーぜ」

猫が鳴きだす？　それってまさか、私の腹の音のことじゃ……。

「い、言っておくけど、あれ全然フォローになってなかったからね」

「本当は怪獣だったところを可愛い動物に例えてやった俺の優しさだろ」

「それなら気づかないふりしてよ」

「あの音を？」

「ほーら、そこ喧嘩しない」

真宙くんの一声により、私と怜央は一時休戦することに。

といっても、本気で喧嘩をしていたわけではない。

多分、これが私と怜央の距離の縮め方。

「瑠佳ちゃん、りんごジュースでよかった？」

「あ、うん。ありがとう新那」

階段の一番上に私と新那が。二段下に怜央と真宙くんが腰を下ろす。

「皆、飲み物持ったよね？　それじゃあ、四人で来た初めての海に乾杯ー!!」

真宙くんの音頭により、私たちはジュースを持っていた手を空高く掲げた。

夕暮れに染まる海辺には、カンッとアルミ缶のぶつかる音が響いた――。

◇罠にはまった攫われ姫

雇われ姫を始めてから一か月。

三つ掛け持ちしていたバイトは居酒屋の閉店に伴い、スーパーと姫のふたつになった。けれど、収入は減るどころかむしろ増えている。

それは雇われ姫としての稼働時間が増えたからであり、必然的に怜央と過ごす時間も増えていた。

仕事内容は変わらず、総長である怜央のそばにいること。

バイト初日から取り組んでいた認知活動はどうやら上手くいったようで、最近はひとりで歩いていても視線を感じるようになった。

『闇狼の姫』として、ようやくスタート地点に立てた私。

今のところ狂猫やその他のチームに動きはないが、敵はいつ行動に出るかわからない。

そんなこともあって、遅くなる日は怜央や闇狼のメンバーが必ず護衛に付いてくれている。

アジトにも数え切れないほど足を運び、皆とも普通に話せるようになってきた。『姫』と呼ばれるのには正直、まだ違和感があるけれど、それもあと数か月のことだ。

櫻子さんが無事に手術を終えて戻ってきたら私の役目は終わる。

そうしたら学校での偽装カップルも終了。

今度は別れた理由を問いただされるのだろう。また机を囲まれて。

別れた後も仲の良い人たちはいるけれど、私たちの場合は少し事情が違う。

だけど同級生なんだから会話ぐらいは許される？

それとも、なんの関係もなかった頃に戻り、視線すら合わなくなるのだろうか。

それは少し寂しいけれど、私は怜央の考えに従うつもりだ。私は雇われの身だから。

そう結論づけたところで、四限目終了のチャイムが鳴った。

「瑠佳ちゃん、今日は教室でいいんだよね？」

後ろから聞こえてきた声に私は「うん」と返事をする。

三日前の席替えで私と新那は前後の席になった。

今までとは違い、後ろを向けばすぐに昼食が食べられる。

時々、怜央から屋上に呼び出されて三人で昼食を食べることもあるけれど、それは稀なことだ。

なぜなら、怜央が全日学校にいることはとても珍しいから。

あれでよく進級できたなと思う。

「瑠佳ちゃん、難しい顔してたけどなにか考えごと？」

「あー……、後に始めたバイトが終わったら次はなにをしようかなーって」

「最終日って決まってるの？」

「正確な日程はまだだけど、夏休みが終わる頃には私の役目も終わりかな～」

櫻子さんの手術は夏休み。

その後、術後の経過を見て退院となる。

「そっか……。いい求人を見つけたら報告するね」

「うん。ありがとう」

「あ、そうだ。そういえば今日、期間限定のチョコを見つけて買ってきたんだー」

新那はそう言うと鞄を膝の上に置いた。

そのとき、目の前で揺れたのは青い毛をした狼のマスコットキーホルダー。

新那は一度、それを怜央へと返却したけれど、再び彼女の元へと戻ってきたのだ。

今度はその持ち主である真宙くんから直接、手渡されて。

話は一か月前──、四人で海へと行った日に遡る。

『新那ちゃん、護身用のキーホルダー返したって本当？』

『あ……えっと、はい。私に持つ資格はないと思って』

『資格？　どういうこと？』

『私、瑠佳ちゃんにはこのバイトを辞めてほしかったんです。そのことで瑠佳ちゃんと蓮見くんに迷惑をかけちゃって……。ふたりが喧嘩をしたのは私のせいなんです。だから、私が持つべきじゃないと思って』

『なるほどね』

『あっ！　でも、今は瑠佳ちゃんの選択を応援したいと思っています。蓮見くんが瑠佳ちゃんのことをちゃんと考えてくれていることもわかったので……！』

『うん。うちの総長は中途半端な気持ちで瑠佳ちゃんを雇ったわけじゃないからそこは安心して。あとは新那ちゃんに心配かけないように俺らが瑠佳ちゃんを護るから』

『お願いします……!!』

『お願いされました。……ってことで、これはやっぱり新那ちゃんが持ってて』

『でも……』

『他の子なら喜んで受け取るよ？』

『……………』

『新那ちゃんって結構、頑固な子だね。俺が持っててほしいから預けるんだよ。新那ちゃんを危ない目にはあわせたくないから。ね？』

『わ、わかりました。ありがとうございます』

『ん。あ、そういや俺今はこんな髪色してるけど、前はそいつと同じで青く染めてたんだ。だから俺だと思って可愛がってやって』

『は……い……』


私と怜央の知らないところで、ふたりはそんなやり取りをしていたらしい。

あの日を境に新那の中で暴走族のイメージが大きく変わったと私は思っている。

だけど、それは怜央の覚悟を知ったからというよりも、真宙くんとの出会いが大きく影響しているのだろう。

真宙くんや冬馬くんは他の闇狼のメンバーとは少し纏う空気が違う。

言葉にするのは難しいけれど、ふたりからはピリピリとした感じが一切しない。

いつも笑顔だから？

真宙くんの場合は口の上手さや女性関係から察するに、違う意味で危険なんだろうけど……。

うちの学校に来たときも、短時間で女子生徒たちの心を掴んでいったし。

それにあの日、目にした光景は今でも鮮明に覚えている。

それは海に行ってから数日が経ったある日のこと。

授業が午前中だけで時間があった私と、元々テニス部が休みだった新那。

せっかくだからどこかへ遊びに行こうという話になり、前に話題に出た空中庭園へと向かうことになった。

一応、報告のつもりでその話をしたら、なぜか自分も行くと言いだした怜央。

結果、真宙くんを入れた四人で空中庭園へと向かうことになった。

そこで怜央と真宙くん、ライトくんが幼なじみだったことや真宙くんには複数の遊び相手がいることを知った。

怜央とふたりでいるときは遠巻きにしか見てこない女の子たちが、真宙くんを見つけた途端、束になって寄ってくる。それはもう、次から次へと。

空中庭園という憩いの場でハーレムを作るその姿はあまりにも異様だった。

そして真宙くんに興味を持つ人物は私のすぐ目の前にも……。

海に行った日以来、新那があまりにも彼の名前を口にするものだから、一度だけ『真宙くんのことが好きなの？』と聞いてみたことがある。

すると、新那は顔を真っ赤にしながら否定した。

正直、私はその答えにほっとした。

真宙くんは誰にでもフレンドリーで、細やかな気遣いのできる優しい人。

でも、その一方でどこか危なげな雰囲気がある。きっと一筋縄ではいかない相手だ。

「瑠佳ちゃん、また難しい顔してるよ。ほら糖分摂って」

銀紙に包まれたチョコをひとつ、ふたつ、三つと私の前に積んでいく新那。

「ありがとう。って、多いよ」

「全部で十種類の味なんだって」

チョコのタワーはもうすでに七段目まできていた。

「え、まさか全種類くれる気？」

「うん。どれが一番か決めようよ」

「いいけど、なんで縦に積むの？」

「……なんか挑戦したくなって」

「ならないでしょう普通」

謎の挑戦心に思わず吹き出すと、釣られたようにして新那も笑う。

そのせいでチョコのタワーは十段目を目前に倒れてしまった。

「あぁ、あと一段だったのに。瑠佳ちゃんが笑うから」

「新那も笑ってたでしょう？　手ぷるぷるしてたよ」

「私、なにしてるんだろうと思って」

「いや、気づくの遅っ」

くだらない話で盛り上がり、意味のないことで笑い合う。

ただただ平和な時間に届いた一通のメッセージ。

それが、これから起こる事件への始まりだった——。

「瑠佳ちゃんスマホ鳴ってない？」

「あ、ほんとだ」

新那に言われて鞄を開けると、中で通知を知らせるランプが黄色く点滅していた。

スマホの画面には怜央の名前と〝狂猫〟から始まるメッセージ。

そのふた文字を目にした瞬間、思わず息を呑んだ。

《狂猫に動きがあった》

《俺は先にチームの奴らと合流する。放課後、冬馬を向かわせるからそれまで瑠佳は学校から出るな》

狂猫が動き出した……。

「蓮見くんから？」

「新那、ごめん。私ちょっと怜央のクラスに行ってくる」

確か今日は学校に来ていたはず。

急いで怜央のクラスへと向かったが、そこにもう彼の姿はなかった。

それから放課後までに届いたメッセージは一通《何かわかったらすぐに連絡する》というものだった。

「瑠佳ちゃんを護るって言いながら、そばにいないのはおかしくない？」

放課後、冬馬くんが来るまで学校から出られない私は、新那と一緒に部室棟を目指していた。

周りには聞こえないように声のボリュームを抑えてはいるが、ずいぶんとお怒りな新那。

「怜央は総長だから他にもやらなきゃいけないことがあるんだよ」

「瑠佳ちゃんを護ること以外に大事なことなんかある？」

「あるある。まだ私が狙われてるって決まったわけじゃないし」

狂猫の狙いは櫻子さんの方かもしれない。

仮にそうだとするならば怜央がいるべき場所はここじゃない。櫻子さんのそばだ。

彼女を護れなければ、私の仕事に意味はない。

「それに私には冬馬くんが付いてくれるから大丈夫。心配なのは新那の方だよ」

「でも、姫の友達が狙われることってないんだよね？」

「基本的にはね」

暴走族たちの間にも暗黙のルールというものがあるらしい。

まず、敵のチームが一番に狙うのは姫。総長にとってもチームにとっても大切な存在だからだ。

次に幹部の彼女。暴走族と関わりを持った時点で、こちら側の人間という認識らしい。

しかし、姫や幹部の彼女の友達は自分が暴走族と繋がっているという認識がない。

そういう人間を巻きこむと後々、親や警察に連絡がいき面倒なことになる。

どこのチームも極力、警察沙汰は避けたいのだろう。

また、チームによっては友達レベルの人質であれば簡単に切り捨ててしまう。

そうなると、ただ時間を無駄にしただけになる。物騒な話をしたが、敵対するチームが必ず相手の姫や彼女に手を出すわけではない。

姑息な真似ばかりを繰り返すチームは、本当の意味で強くはなれないからだ。

「だけど暗黙のルールっていってもこの辺りだけでの話かもしれないし、そもそもなんでもありのチームがルールを守るとは限らないでしょう？」

「確かにそうだね」

「だから新那も私は大丈夫って気持ちは捨ててね」

「わかった。瑠佳ちゃんもね」

「うん。じゃあ、部活頑張って」

「ありがとう！」


新那と別れた直後、スカートのポケットに入れていたスマホがヴッーヴッーと震えだした。

画面を確認すると〝冬馬くん〟と表示されていて、渡り廊下の端で足を止める。

「もしもし」

『あ、もしもし。冬馬です！　瑠佳さん、ちゃんと学校にいますよね？』

「うん、いるよ」

『俺もまだ学校で今からそっちに向かいます。多分、三〇分位で着くと思います』

「わかった。いつも、ごめんね」

『なに言ってるんですか！　姫を護るのは当然のことですから』

「ありがとう」

『またそっちに着いたら電話します』

「うん、冬馬くんも気をつけてね」

『はい!!』

狂猫が動きだそうが、冬馬くんの様子に大きな変化はない。

教室に戻ると、まだ数名の女子生徒が残っていて私は自分の席へと腰を下ろす。

それからスマホに視線を落とすこと数分。

私以外、誰もいなくなった教室の窓を開けて外を覗く。

「あ、いたいた」

グラウンドの隅でストレッチをするテニス部を発見。その中には新那の姿も。

四階からでは届かないとわかりつつも「頑張れ～」と声援を送って観察を続けた。

いくつかのストレッチを終えた後、ランニングのために校外へと出て行ってしまったテニス部。

「暇になっちゃったな」

誰もいない教室で発した、ただの独り言。

まさか聞いている人がいるだなんて思いもしなかった。

「水瀬、まだ残ってたのか？」

突然、名前を呼ばれて肩がびくりと反応する。

廊下から声をかけてきたのは、担任の柳沢《やなぎさわ》先生だった。

「せ、先生……。びっくりさせないでくださいよ」

「すまんすまん。でも、水瀬の独り言？　廊下まで聞こえてたぞ」

私、そんなに大きな声を出していたの？　今後は声のボリュームに気をつけよう。

「誰か待ってるのか？」

「と、友達を待ってます」

他校の暴走族を待ってます。なんて口が裂けても言えない。

ただでさえ最近は怜央と一緒にいることで心配をかけているのだから。

「おーそうか。あ、まだ時間があるなら少し雑用を頼まれてくれないか？　すぐ終わるからさ」

「……雑用？　すぐに終わるならいいですけど」

私は五分後、この選択を後悔することとなる。


「これ、絶対一〇分やそこらじゃ終わらないでしょう」

目の前にはダンボール箱に入った大量のプリント。

それを机に並べながらひとりため息をつく。

今から五分前。柳沢先生に頼まれた雑用は課題のプリントを五枚セットにして、ホッチキスで留めるというものだった。

「仕事の速い水瀬なら一〇分あればできるだろ」

そんな口車に乗せられて引き受けたが、この量は絶対一〇分なんかでは終わらない。現に五分が経過したというのに、まだ一〇分の一程度の作業しか終わっていないのだから。

「冬馬くんが来るまでに終わらせないと」

電話を終えてから、もう二〇分は経過した。

このままだと確実に冬馬くんを待たせることになる。

別に彼はそんなことで怒りはしないだろうけれど、狂猫が動きだした今、私の都合で闇狼メンバーの時間を削るわけにはいかないのだ。

一秒も手を休めることなく作業を進めていると、ガラガラッと前方のドアが開いた。

「あれ、水瀬さんなにしてるの？」

そう声をかけてきたのは、うちのクラスの学級委員長である石橋《いしばし》くん。

「あ、委員長」

彼は持っていた本を自分の机の上へと置くと、片手でメガネをくいっと上げる仕草を見せた。

それと同時にきっちりと切りそろえられた艶のある黒髪が揺れる。

品行方正、学術優秀。模範生と呼ぶのに相応しい彼は一年のときも学級委員長を務めていて、その頃から皆に委員長と呼ばれていた。

「柳沢先生から雑用を頼まれて、課題のプリントをまとめてるの。委員長はなにしてたの？」

「僕は図書室に本を借りに。今日、開放日だったから。それ手伝おうか？」

委員長は一度、机に置いた本を鞄の中へとしまうと、私が持っていたプリントを指差した。

「えっ、いいの？」

普段の私なら〝大丈夫〟と返してしまうところだが、今はそうも言っていられない。

なぜなら、この作業の終わりが見えないから。

「水瀬さんには一年の頃からお世話になってるし、この前も木から降りられなくなったところを助けてもらったから。困ったときはお互い様だよ」

「委員長……ありがとう！　助かる」

「僕はなにをすればいい？」

「えっと、じゃあ私が五枚セットにしたプリントをホッチキスで留めてもらってもいいかな？」

「わかった」

委員長が手伝ってくれたおかげで、冬馬くんを待たせるのは三分で済んだ。

待たせたことに変わりはないのだが、彼は「お疲れ様です」といつものように笑顔を見せてくれた。

「怜央さんからアジトに来るよう言われたので、大通りでタクシーを拾いましょうか」

「タクシーで向かうの？　あれっ、そういえば冬馬くんバイクは？」

冬馬くんがいつも乗っている黄色の愛車が今日は見当たらない。

「あー、俺まだ免許取り立てでふたり乗りはできないんですよ。だから近くに置いてきました」

そういえば、冬馬くんが私をバイト先から家まで送ってくれるときはいつも徒歩か自転車だった。

「怜央さんは俺が免許を取ったばかりだってこと知ってるんですよ。それなのに、わざわざ俺を寄越したってことは、瑠佳さんが他の野郎とニケツするのが嫌だったんじゃないですか？」

「……えぇー、それは違うんじゃない？　ただ怜央が冬馬くんを信頼してるだけだと思うな」

むしろ、その線しか考えられない。怜央が私を大切にしてくれていることはわかる。

だけど彼から独占欲のようなものを感じたことは一切ない。

それは雇われ姫の私には抱くはずのない感情だ。

「そうだとしたらすげー嬉しいんですけど、今回は絶対に俺の言うとおりですよ。だって、他の人からも瑠佳さんをバイクに乗せたって話、聞いたことがないですもん」

「私がバイト先から家まで自転車通勤だからじゃない？　乗せてもらう機会がなかっただけだよ」

「でも、今日に関してはバイクの方が速いじゃないですか」

「まぁ、そうだね……」

「だから、やっぱり嫉妬ですよ！　彼女が他の男とニケツして喜ぶ彼氏はいないですから!!」

そうだ、冬馬くんからすれば私と怜央は本物のカップルで〝嫉妬〟という言葉が出てもなにもおかしくはないんだった。逆に彼の言葉を否定し続ける方が不自然だ。

相手が真宙くんだったら、一発で怪しまれていただろうな。って、真宙くんは私が雇われ姫だってことを知っているんだった。

初めてアジトを訪れた日の帰り道、別れ際に怜央はこう言った。

『敵を欺くには、まず味方からって言ったけど、ふたりだけ本当のことを知ってる奴らがいる』

怜央の言うふたりとは、勘の鋭い真宙くんと情報屋のライトくん。

真宙くんは最初からなにもかも知っていたのだ。

冬馬くんを騙し続けるのは心が痛むけれど、これは櫻子さんを護るために必要な嘘。だから私は姫として、怜央の彼女として、疑われるような行動を取ってはならない。

それに本当のことが知られたら、冬馬くんにもこの嘘を背負わせてしまうことになる。正直者の彼にとってその役割は大きな負担になるだろう。

余計な負担をかけないためにも、まずは、この状況をどうにかしないと。

「そ、そういえば冬馬くんは彼女いるんだっけ⁉」

「彼女ですか？　今はいないです」

「あ、そうなの？　彼氏目線で話してたからてっきり付き合ってる人がいるのかと思った」

「闇狼に入ってすぐの頃に別れたんです。怜央さんたちといるのが楽しくて」

「そうなんだ。冬馬くんは闇狼が好きなんだね」

「はい！　今は彼女がほしいとか思わないんですけど、怜央さんや幹部の皆さんを見ていたら羨ましいなとは思います。俺もいつかまた付き合うときがきたら、その狼を彼女に預けたいんですよね」

冬馬くんの視線の先には、私が怜央から渡された狼のマスコットキーホルダーが揺れていた。

「まぁ、そのためには最低でも幹部入りしないとだめなんですけど」

「幹部入りって難しいの？」

「そりゃあ、もう……！　ぶっちゃけ今の人たちが闇狼を辞めない限り、俺らにその席は回ってこないです。あの人たちレベチなんで」

「幹部の人たちってそんなにすごいんだ」

「あー……普段の集まりじゃ伝わりづらいですよね？」

「……うん」

というか、そもそもトキくんは女の子が苦手で私がいるときは無口なことが多いし、ヒロトくんも暇さえあれば寝ているからふたりの情報自体が少ないんだよね。

ライトくんに関しては一度も会ったことがないし。

「怜央さんと真宙さんは喧嘩が強いのはもちろん、頭も良いんです！　トキさんとヒロトさんは抗争があったときに先頭で突っ込んでいくタイプですね」

「へー、そうなんだ」

「ライトさんのことは俺もよくわかりません。だけど、いないと闇狼は成り立たないって怜央さんが」

「なるほど……」

「本当にすごい人たちの集まりで、幹部への道のりはまだまだ遠いです」

「そうかな？　私は冬馬くんの幹部入りって案外近いような気がするけど。だって、護衛を任されるぐらいなんだから」

私の言葉に「そうですかね」と言いながら頭をかく冬馬くん。

「この狼って本人をイメージして作られてるんだよね？　じゃあ、冬馬くんが幹部入りしたら、その子は茶色の毛になるのかな？」

「うわー!!　想像しただけでテンション上がります！　本当、売り物みたいですごいですよね櫻子さん」

不意に出た〝櫻子さん〟という名前にそれまで軽快だった私の足取りが止まる。

「どうして櫻子さんの名前が出てくるの？」

同じように足を止めた冬馬くんは私の問いに「どうしてって、この狼を作ったのが櫻子さんだからですよ」と屈託のない笑顔で答えた。

「……えっ？」

「あれ？　知りませんでしたか？　怜央さん言い忘れてたんですかね。それにしても防犯機能まであるなんて、櫻子さんまじで器用ですよね」

〝特注〟という言葉から、お店には並んでいないものだと知っていた。

だけど怜央に似たこの狼がまさか櫻子さんの手作りだったなんて……。

怜央はあえてなにも言わなかったのだろうか。

新那が持っている狼も真宙くんによく似ているけれど、今、私の鞄の傍らで揺れている狼の方が圧倒的に本人の特徴を捉えている。この子はまるで怜央の分身のようだ。

それは櫻子さんが怜央を想いながら、一針一針想いを込めたから――？

「瑠佳さん、どうかしましたか？　気分でも悪いんですか？」

「ううん、なんでもない。ごめんね急に立ち止まっちゃって」

「いえ、なにもないなら良かったです！　じゃあ、行きましょうか？」

「うん」

大通りへと続く一本道を再び冬馬くんと並んで歩きだしたそのとき、背後から「あの、すみません」と呼び止められた。

振り返るとスーツに身を包んだ男性が右手にビジネスバッグ、もう片方の手に折りたたんだ紙のようなものを持って立っていた。

数秒前まで隣にいた冬馬くんは、いつの間にか私の一歩前へと出ている。

その表情は見えないけれど、背中から緊張感のようなものが伝わってきた。

もしかして、狂猫の関係者？　年齢は二〇歳位だよね。

危険な人には見えないけれど、油断は禁物だ。

私は冬馬くんの後ろで防犯ブザーを鳴らす準備をした。

「なんか用ですか？」

そう問いかけた冬馬くんは相当、怖い顔をしていたのだろう。

男はうろたえた様子で「すみません」と口にした後、持っていた紙を私たちへと見せてきた。

そこには『社内研修会のお知らせ』と書かれてある。

「きゅ、急に声をおかけしてすみません。く、黒田ビルに行きたいのですが道をご存知でしょうか？」

男の言葉に私と冬馬くんは顔を見合わせる。

「あ、道ですか……」

どうやら私たちは過剰に反応しすぎたようだ。

冷静になって考えてみれば、サラリーマンらしき男が暴走族なわけがない。

「黒田ビルって確かふたつありますよね？」

「第一ビルの方です」

「瑠佳さん、黒田第一ビルって橋を越えた方でしたっけ?」

「うん。ここを真っ直ぐ行って右に曲がったら橋を渡って、それから信号を……って、紙に書いた方がわかりやすいですよね」

「お手数おかけしてすみません」

「いえ、大丈夫ですよ」

鞄からルーズリーフとペンを取り出す私の傍らで、男は冬馬くんに個室のあるお寿司屋はないかと尋ね始めた。

研修終わりに寄るのかな?

それなら高校生の私たちよりも別の人に尋ねた方が良さそうだけど。

そんなことを考えながら地図を書いていると、突然バチバチと電流の走るような音がした。

私が顔を上げたのとほぼ同時に「ぅっ」とうめくような声が聞こえ、冬馬くんが膝から崩れ落ちる。

「冬馬くん……?」

「る、るかさ、にっ、にげて……!」

地面に手をついた状態で、必死に訴えかけてくる冬馬くん。

道を尋ねてきた男はだらんと腕を真下へ下ろすと、青ざめた表情で冬馬くんを見ていた。その手に握られていたのはスタンガン。

私たちに声をかけてきた人が、たまたまスタンガンを所持しているなんてありえない。

――これは狂猫が仕掛けた〝罠〟だ。

そう気づいたときにはもう手遅れだった。

「瑠佳さん！」

冬馬くんの叫び声が聞こえた直後、私は布のようなもので鼻と口を同時に塞がれた。抵抗しようと伸ばした手は、別の男に掴まれる。

だめだ……力が……入らない。視野が大きく歪む中、何度も名前を呼ばれた。

「瑠佳さん、瑠佳さん！　お前ら放せ！　瑠佳さんを放せ！」

未だに立つことができない冬馬くん。

「ははは、案外ちょろかったな」

頭上から聞こえてきた複数の男の笑い声。

「こ、これで許してもらえますか？」

スタンガンから手を離し、何度も頭を下げる男。

それは意識を手放す直前、私が最後に見た光景だった――。

＊

ピチョン、ピチョン――、

ピチョン、ピチョン――。

頭の中で何度も同じ音が繰り返し響く。

一定のリズムを刻むその音は、水滴が落ちる音によく似ていた。

蛇口の閉めが甘かったのかな。水の出どころはキッキン？　それとも洗面所？

水道代節約のためにも早く閉めに行かないと。そう思うのに体が重くて起き上がれない。もしかして人生初の金縛り？

あれ？　でも、金縛りって頭も痛むんだったっけ。わかんないや。

とりあえず蛇口の確認は志貴に頼もう。

「うぅん。し……き……蛇口ちゃんと閉まってるか……見てきて」

「あ？　やっと起きたか」

誰……？　志貴の声じゃない。

「目を覚ましたのなら、さっさと起き上がってくれるかな」

私に意識を取り戻させたのは、男の冷徹な声だった。

重い瞼を開いて最初に目に飛び込んできたのは、コンクリートの地面と光沢のある革靴。

目の前にいる男の顔は暗くて確認ができないけれど、状況から察するに私は今、地面に横たわっているのだろう。

次に目に入ったのは縛られた両足。

両手も同様に縛られているせいか、動かしてもびくともしない。

「どうなってるの……！」

肩を揺らして立ち上がろうとする私の元に男がやってきて、しゃがみ込んだ。

「はじめまして蓮見のお姫様。つっても俺は何度も君のことを見かけたことがあるけど……君は俺のこと知ってる？」

男と目が合った瞬間、私は息を呑んだ。

金色に染められた髪に細い眉、鋭い眼光。

一度、写真を見ただけだが、はっきりと覚えている。

『これが香坂です。いずれ瑠佳さんに接触してくると思うんで、顔を覚えておいてください』

――今、私の目の前にいる男は狂猫の香坂だ。

「狂猫……の香坂」

そうだ……！　下校中に変な布を顔に当てられて、そこから意識を失ったんだ。

さっきまで思い出せなかった記憶が、ひとつひとつよみがえってくる。

「知っていてくれて嬉しいよ。だけど香坂じゃなくて香坂さんだよね？」

香坂は笑顔を浮かべる一方で、拳を高く振り上げた。

反射的に目をつむると、乾いた笑い声が響く。

その直後、パチンと音がして蛍光灯に明かりが灯った。

「殴られるとでも思った？　ごめん、ごめん。いきなり暴力なんて振るわないよ。

でも、礼儀がなっていないんじゃないかな？　俺は十八歳で君は十六歳。そうだろ？

水瀬瑠佳ちゃん」

回りくどい言い方。俺はお前の個人情報を握っているとでも言いたいのだろうか。

「……あれ、おかしいな。泣きだすかと思ったのに。君、全然可愛くないね」

「……よく言われます」

「へぇ、蓮見はずいぶんと面白いお姫様を捕まえたな」

香坂はそう言うとブラウスの襟元を掴んで、乱暴に私の体を起こした。

「ごほっ、ごほっ」

見上げることしかできなかったこの場所を、一度ぐるりと見渡してみる。

いくつかある蛍光灯のうち、明かりがついたのはふたつ。

窓はカーテンで覆われているから光は入らない。

この場所も現在の時間も不明だ。

唯一、わかっているのはどこかで水がもれているということだけ。

この静けさからして、ここにいるのは私と香坂のふたりだけだろう。

私の予想が当たっているとしたら、一緒にいた冬馬くんはどこ？

「ねぇ、私と一緒にいた男の子はどうしたの？」

「……タメ口。まぁ、いいか。雑魚《ざこ》は荷物になるから置いてきた」

「置いてきたってあの場所に？　冬馬くんに使ったのはスタンガン？」

「正解。だけど威力は弱めてあるから少しの間立てなくなるだけ。ちゃんと意識はあったでしょ？」

「そういう問題じゃ……！」

「あのさ、役に立たない護衛よりも自分の心配をしたらどう？　君、さっきまで眠ってたんだよ。その間になにかされたとか思わないの？」

「……え？」

香坂の言葉に手足が冷たくなっていくのがわかる。

意識を失っていた間のことなんて、なにも覚えていない。

私、なにか……されたの？

体に傷はない。服装に乱れもないけれど、そんなの元に戻されていたらわからない。

暴走族の姫になると決めたとき、ある程度の覚悟はしたつもりだった。けれど、〝つもり〟なんかじゃ、だめだったんだ。

香坂の言葉によって、初めて〝恐怖〟というものを感じた。

「そうそう、怯えてるぐらいが可愛いよ」

「………………」

「黙っちゃうのは面白くないな。安心して。俺は君が目を覚ますときを待っていただけでなにもしていない。寝ている子を無理やり……なんて趣味はないから」

「それじゃあなに？　私の反応を見るためだけに、あんな言い方をしたの？　十分、悪趣味だと思うけど」

「ごめん、ごめん。謝るから許してよ。気をつけた方がいいよって話がしたかったんだ」

「私を攫った人間が言う台詞？」

「ごもっともな意見だね」

「他の仲間はどうしたの？」

「質問が多いなぁ。他の奴らなら金を渡してさようなら」

狂猫はお金で人を雇っている。

冬馬くんの言っていたとおりだ。

「スーツを着ていた男も仲間？」

「は？　あんな奴が仲間なわけないだろ」

顔を合わせてからずっと薄っぺらい笑顔を張り付けていた香坂が、一瞬だけ表情を崩した。

「じゃあ、なんなの？」

あの男は私が意識を失う直前に『これで許してもらえますか？』と頭を下げていた。金で雇われている人間の行動とは思えない。

「あいつは罪を犯した。それを黙っていてやる代わりに仕事を任せたんだ」

「罪って……？」

「うちの姫をしつこく口説いた罪」

「たったそれだけのことで⁉」

「たったそれだけのこと？　ロリコン野郎には甘いくらいだよ」

香坂はあの男に対して、よほど強い恨みがあったのか「あんなのじゃ生ぬるかったな」とつぶやいた。

仲間を金で雇う人間が、そこまで大切にする姫って？

闇狼は現在も狂猫の姫の正体にはたどり着けていない。

もし、ここで私がなにか情報を引き出せれば、皆の役に立てるかもしれない。

「大事なんだね、姫が」

「まぁね」

「総長の姫って彼女でしょう？　付き合ってどの位になるの？」

「……そんなの知ってどうするの。ってかさ、自分の立場わかってる？　君、人質なんだけど」

「もちろん、わかってるわよ。怜央はきっと私を助けにきてくれる。だから、この退屈な時間を雑談にでも使おうかと思って」

そうして相手を油断させた隙に、ここから逃げだす。

私はただ助けを待つだけの姫なんかにはなりたくない。

だって、それなら私じゃなくてもいいから。

私が櫻子さんの身代わりとして選ばれたのには理由がある。

怯えてばかりいるな、仕事をしろ。

「本当に面白い子だね。肝が据わってる……いや、神経が図太いのかな？　いいよ、雑談に付き合ってあげる。その代わり俺の質問にも答えてよ」

私は少し考えた後、首を縦に振った。

「じゃあ、俺からね」

香坂が私に聞きたいことってなに？

「闇狼が結成された理由って知ってる？」

「……え？」

闇狼が結成された理由？

「悪いけど私は闇狼の内部についてはよく知らない」

「じゃあ、蓮見が闇狼にいる理由も知らないんだ？」

香坂の口ぶりはまるで質問に対する答えを知っているかのようだった。

私は闇狼の結成理由も怜央がそこにいる理由もなにひとつ知らない。

興味がなかったわけじゃない。ただ雇われの身で、どこまで踏み込んでいいのかわからなかったのだ。

「その顔は本当になにも知らないって感じだね。君、本当に蓮見の姫なの？」

ここは冷静に対処しないと、私が偽物だってばれたら櫻子さんの身が危ない。

「そうだけど、なにか文句でもある？」

「別に？　なにも知らないなら教えてあげるよ。闇狼は櫻子ちゃんって女の子を護るために作られたチームなんだ」

闇狼が櫻子さんを護るために作られたチーム……？

「つってもまー、最初はままごとみたいなものだったけど。久上《くがみ》真宙の兄貴が初代総長で、いつの間にか大きくなってたふざけたチームだよ」

「真宙くんのお兄さんが……」

「チームが大きくなりすぎたせいで逆に狙われることになった櫻子ちゃんが可哀想だと思わない？　まぁ、最近は蓮見たちと一緒にいないみたいだけど」

怜央が櫻子さんから距離を取ったのはどうやら正解だったようだ。

狂猫は今も櫻子さんの動向を探っている。

「私はその櫻子さんって人とは会ったことがないし、話も聞いたことがないからなんとも……」

「そう。じゃあ、暴走族に興味なんかないはずの蓮見が今でも総長を続けているのはなんのためだと思う？」

「さぁ、私は知らない」

「そっか残念。俺の質問は終わり。次は君の番だよ」

……今ので終わり？　香坂には他に知りたいことがないってこと？

それならはじめから質問権なんかいらなかったんじゃないの？

香坂と話していると頭が疑問符で埋め尽くされる。

「質問しないの？　もう飽きた？」

「する！　するからちょっと待って！」

聞きたいことなら山程ある。狂猫の姫の年齢は？　なにをしている人？

この質問はあまりにもストレートすぎる？

どこから攻めるのが正解なんだろう。

「まだ……？　早くしないと締め切るよ」

「わ、わかった。わかったから。ひ、姫とはどこで出会ったの？」

もっと他に聞くことがあったのだろうか……？　でも、なにかのヒントにはなるかもしれない。

「道端」

道端？　そんな答えでは、なんの役にも立たない。

「もっと具体的に……！」

「はいはい、次は俺のターンね。君さあ、うちのチームに入る気ない？」

「……うちのチームって狂猫のこと？」

「そう。別に勧誘するつもりはなかったんだけど、面白そうだから。君みたいな子ならいつでも歓迎するよ」

「誰がこんな卑怯な手を使う奴のところなんかに……！」

私の言葉に眉をぴくりと動かす香坂。

その表情からはいつの間にか笑顔が消えていた。

「威勢がいいのは認めるけど、あんまり舐めた口きかない方がいいよ」

香坂はそう言うとポケットから折りたたみナイフを取り出して、私の頬にあてがった。

ひんやりと冷たいそれはペチペチと音を立てながら、何度も頬にぶつかる。

「気をつけないと。こうやって危ない目にあうかもしれないからね？　わかった？」

香坂は一度ナイフを離して私の反応を窺う。今はなにも言わない方がいい。香坂を刺激するのは危険だ。

怜央は私が変な男たちに絡まれて腕を掴まれたとき、自分のことを責めていた。もし、私が怪我なんかして帰ったら彼はあのとき以上に自分を責めるだろう。

そんなのは嫌だ。だから私は絶対に無傷で帰る。

「ねぇ、聞いてる？」

私は香坂の言葉に黙って頷いた。

「そうそう。俺、聞き分けの良い子は好きだよ」

「…………」

「また、だんまり？」

「…………」

「今回はちょっとびびらせすぎたかな」

なにも話さなくなった私を見て、香坂はタバコに火を着けた。

口から吐き出される煙、ぱらぱらと地面に落ちる灰。

タバコを吸う香坂を横目に見ながら、私は縛られている両手を静かに動かした。

私はここから脱出することを諦めたわけではない。

足を拘束するために使用されているのは、縄や結束バンドではなくビニール紐。

おそらく両手の拘束にも同じ紐が使われているのだろう。感覚的には二、三周ってところ？

これなら摩擦を利用して切断することが可能だ。

幸いにも後ろには鉄製の棚がある。けれど、私が妙な動きをすれば不審がられるに違いない。

ほんのわずかな時間でいいから、この場から香坂を遠ざけられる良い方法はないだろうか？

なにか……なにか……！　一度、心を落ち着かせるために深呼吸をする。

その直後、私はとある変化に気づいた。

――利用できるものが、ひとつだけあった。

「あの、香坂さん」

私は一メートルほど離れた場所でタバコを吸う香坂に声をかけた。

「ん？」

「次は私が質問する番でしょう？」

私の言葉に彼は驚いたような表情を見せる。

「まだ続ける気？　懲りない子だね、君は」

「私から言いだしたことなんで。それにまだ聞きたいこともあるし」

「聞きたいことねぇ、まぁ暇だからいいけど。君の王子様は迎えにくる気配がないし」

香坂は地面に落としたタバコを足で踏みつけながら片方の口角だけを上げてにやりと笑った。

「あ、でもその前に水の音を止めてきてくれない？」

「水の音？」

「どこかから聞こえるでしょう？　ピチョン、ピチョンって水滴が落ちるような音が。さっきからどんどん音が大きくなってて耳障りなの」

「そんなことを気にするような繊細な子には見えないけど？」

「香坂さんの目に私がどう映ってるかは知らないけど、気になるものは気になるの」

「面倒だなぁ」

「お願い。私は動けないんだから」

「……わかったよ」

香坂はがしがしと頭をかくと、音のする方へと歩いて行った。

この作戦は一度しか使えない。ここからは時間との勝負だ。

香坂の姿が見えなくなった後、私は体を揺らしながら数十センチ後ろにある棚へと移動した。摩擦を起こして紐を切る。そのために重要なのはスピードだ。

棚の脚にビニール紐を当てて、何度も、何度も、腕を上下に揺らす。

水の音はまだ止まっていないから、大丈夫。落ち着け、焦るな。

紐を擦り続けて数十秒から一分が経った頃には、コンクリートの地面に汗がにじんでいた。

それでも動きを止めずにいると、少しずつ紐が切れていく感覚がした。

最初に比べたら紐の強度もかなり落ちている。

これなら切れるかもしれない。

そう思って両手に力を入れると、ブチッと音を立てて紐が千切れた。

い、いけた……！　本当に切れた。今度は自由になった両手で足の紐を解く。

そして近くに捨てられていた鞄を回収して立ち上がったそのとき――。

「脅し方が足りなかったかなあ？」

背後から聞こえてきたのはドスの効いた声。

振り向くと、五メートルほど先からゆっくりと歩いてくる香坂の姿が目に入った。

水の音はまだしている。もしかして異変に気づいて戻ってきたの？

「ち、近寄らないで！」

「あまり調子に乗らない方がいいよ。何度、忠告したらわかるのかな？」

一歩、また一歩と歩みを進める香坂に対して、私は後ずさりをする。

「逃げても無駄だよ」

出口はおそらく、右側にある扉。逃げ切れるかわからないけれど、こうなったらもう行くしかない。

私が扉めがけて走りだした瞬間、香坂が「待てよ！」と声を荒らげた。

こんなところで鳴らしたって誰も気づいてくれないかもしれない。

それでも、私は藁にもすがる思いで狼のしっぽを引き抜いた。

するとなんとも言い難い不快な音が鼓膜を揺らす。

香坂がその音に気を取られている隙に私は扉を開いた。けれど、その先にあったのは出口ではなく階段だった。

「ここは七階。そう簡単には逃げられないよ」

この扉からでは外に出られないことを、香坂は最初から知っていたのだ。

「だから言ったでしょう？　逃げても無駄だって」

背後から乱暴に髪を引っ張られて抵抗すると、今度は足を引っ掛けられる。

バランスを崩した私は地面に尻もちをついた。

「痛ッ」

「優しく接するのはもうやめにしたんだ。君はまだ自分の立場をわかっていないみたいだから」

私の目の前で香坂が再びナイフを光らせた。そのとき——、

「瑠佳！」と叫ぶ怜央の声と同時に扉が蹴破られた。

絶望しかなかった扉の先から怜央と真宙くんが姿を現す。

「れ……お……」

「瑠佳！　……香坂、てめぇ誰の女に手出したのかわかってんのか」

怜央は一直線に駆け出すと、その勢いのまま香坂に殴りかかった。

人が殴られる現場を初めて目にした私は思わず目をつむる。

次に目を開けたとき、香坂の唇には血が滲んでいて、握られていたナイフが手から滑り落ちた。

それを拾い上げようとして手を伸ばしたけれど、あと数センチのところで阻止される。

「危ないだろ！」

私の手を掴んだ真宙くんが珍しく声を荒らげた。

「真宙くん……」

「大きな声を出してごめん。でも、ここは危険だから離れた方がいい。瑠佳ちゃん怪我は？　立てる？」

「だ、大丈夫」

「じゃあ、立ち上がったら扉の先まで走って」

「でも、」

「怜央のことなら俺に任せて。これでも俺、闇狼の副総長だから」

そう口にした真宙くんは、いつもと変わらない穏やかな微笑みを浮かべていた。

「……わかった」

立ち上がった私は鈍い音と香坂のえずくような声が聞こえる中、真宙くんに言われたとおり扉を目掛けて走った。

蹴破られた扉の先、階段の踊り場へと到着すると、下から「瑠佳さん！」「姫！」と声をかけられる。

「と、冬馬くん！　皆もいたの⁉」

階段の下で待ち構えていたのは冬馬くんと闇狼のメンバーたちだった。

「俺らはここで待機するように言われていたんです」

「そうだったんだ」

「す、すみません俺のせいで！」

冬馬くんは私の目の前で正座をすると地面にぴたりと頭をつけた。

「ちょ、冬馬くん⁉」

「全部、俺の責任です」

「なに言ってるの。違うよ！　ほら、顔を上げて」

私が否定をしても、なかなか顔を上げようとしない冬馬くん。

「はいはい。その話はまた後で。中で総長が戦ってるんだから。つっても、もう勝敗はついたけど」

香坂の落としたナイフを片手に持ちながら、怜央たちを指差す真宙くん。

中には右手から血をぽたぽたとたらす怜央と、大の字になって倒れる香坂がいた。

「怜央……！　手から血が」

ハンカチを持って近づく私を怜央は左手だけでそっと抱き寄せる。

「怜央……？」

「ごめん」

怜央はその三文字を口にした後、私の肩に顔をうずめた。

ずっしりとした重みと、額から伝わる熱。

「どうしたの？　どこか痛い？　横になる？　その前に右手の怪我は、」

「なんともねーよ」

なんともないなんてことある？

戸惑う私に真宙くんが「それただの返り血だから心配いらないよ」と教えてくれた。

その言葉にほっと胸を撫で下ろす。

しかし、真宙くんの言葉だけでは安心できない。

「他は？　本当に痛いところはない？」

「俺はお前の弟か」

「へ？」

「人の心配ばっかしてんじゃねーよ。それよりも他に言うことがあるだろ」

他に言うこと……？　あっ……！

「助けてくれてありがとう」

怪我の状態が気になって忘れていたけれど、怜央たちは私を助けにきてくれたんだった。あとで皆にもお礼を言わないと。

「本当にお前は……」

私の言葉に怜央が盛大なため息をもらす。

えっ、私が言わないといけないのってお礼じゃないの？

「……なんで俺を責めないんだよ」

責める？

「責めるようなことあったっけ？」

「あるだろ。護るって言ったのにこの有様だ」

「この有様って……。こんなことになったのは私の警戒心のなさが原因だし、怜央はちゃんと助けにきてくれたじゃない。だから、私の言葉は間違ってないよ」

「いや。危険な目にあわせてるのは俺なんだから、瑠佳が礼を言うのはおかしいだろ」

そんなことない。

〝傷ひとつ、つけさせねぇ〟怜央はその宣言どおり、私を護ってくれた。

「それなら私だって同じじゃない？　危険だってことをわかった上で怜央のそばにいるんだから謝罪なんていらないよ」

怜央の背中をぽんぽんと軽く叩くと、強く抱きしめ返された。

こ……これは、私も腕を回していいのかな？

そんなことを考えていると「げほっ、げほっ」と苦しそうな咳が響いた。

「いちゃいちゃするのは後にしてくれるかな？　まだ終わってないだろ」

香坂は苦悶の表情を浮かべながら地面に血の混じった痰を吐き捨てた。

その周りを取り囲んでいた闇狼のメンバーたちが一斉に彼を睨みつける。

もう勝敗は見えているというのに、香坂はまだやる気だ。

「あ？　もうやんねーよ。あとは任せた」

怜央の言葉に真宙くん以外のメンバーが「お疲れ様です」と頭を下げる。

「瑠佳、帰るぞ」

私の手を取り歩きだそうとした怜央に「ちょっと待って」と声をかけると、その歩みが止まった。

「これ、あの人に渡したいんだけどだめ？」

〝これ〟とは私がずっと手に持っていたハンカチ。

「あいつは瑠佳を攫った奴だぞ」

「わかってる。だけど、」

「どうせだめだって言っても素直に聞かないんだろ。……渡すだけだからな」

「ありがとう怜央。すぐに戻るから」

私は自ら怜央の手を離し、香坂の元へと駆け寄った。

まだ立ち上がることすらできない香坂の脇腹近くにそっとハンカチを置く。

「……なに、同情？　それとも優しい私アピール？」

「好きなように解釈して」

「はは、わかったよ」

薄いピンクの色をしたハンカチは、香坂が握った箇所から赤く染まっていく。

「瑠佳、もういいだろ。行くぞ」

「うん」

香坂は背を向けた私に「また会おうね」とつぶやいたけれど、私がその言葉に返事をすることはなかった。

「待たせてごめんね、怜央。あと、これ使って」

鞄の中にあった汗拭きシートを一枚手に取って怜央へと渡す。

「ああ、助かる」

怜央は香坂の返り血で汚れた手を綺麗にすると、また私の手を取って歩きだした。

階段を下りている途中、ここが廃虚ビルだということを怜央が教えてくれた。

私の居場所をどうやって特定したのかというと、狼のマスコットキーホルダーに埋め込まれていたGPS機能を利用したらしい。

「そんな機能があるなら、もっと早く教えてくれれば良かったのに」

何気なく口にした私の一言によって、怜央の表情が曇る。

「黙ってて悪かった」

そんな顔をさせたかったわけじゃない。なにをしているんだろう、私。

GPS機能について私が今日までなにも知らされていなかった理由なんて少し考えればわかることだ。それは私が雇われの姫だから。

「ううん。怜央の判断は正しいよ。チームの大切な秘密？　になるのかな。そんなもの軽々しく教えちゃだめでしょう。だって私、本物の姫じゃないし」

ああ、今の私は香坂と同じ。薄っぺらい笑顔を貼り付けている。

「あ、でもひとつだけ聞いてもいい？　GPS機能があるってことは、普段から私の居場所がわかってたの？」

「いや、位置情報をONにするのは今日みたいなことがあったときだけだ」

「へー、遠隔で操作までできるんだ。すごいんだね、この狼」

「ああ。でも、GPSだけじゃどの階にいるのかまではわからなかった。俺たちがすぐに瑠佳の元へとたどり着けたのは、防犯ブザーの音があったからだ」

誰にも気づいてもらえない。そんなことはなかった。あの音はちゃんと怜央たちの耳に届いていたんだ。

「ひとりでよく頑張ったな、瑠佳」

「あはは、まぁね。給料分はしっかり働かないと」

無理にでも笑っていないと、涙があふれてしまいそうだった。

本当はずっと怖かった。捕まったときも、目を覚ましたときも。

香坂と言葉を交わし、逃げ出そうとしたあのときだって。

でも、敵に弱みを見せてはいけないという思いから虚勢を張っていたのだ。

ナイフが頬に触れたときの感触や髪を引っ張られたときの痛みは今も消えない。

だけど怜央の前ではいつもの私でいたいから唇を強く噛んだ。

〝強い姫でいること〟私の価値はそれだけだから。

階段を下りた先にはガラス扉があり、私たちはそこから外へと出た。

ずっと暗闇の中にいたせいか、夕日が目に染みる。

まだ夜にもなっていなかったんだ。

よかった。このまま帰宅すれば志貴に心配をかけずにすむ。

ビルの周辺には複数台のバイクが停められていて、その中には怜央の愛車もあったけれど、彼は自分のバイクには見向きもせず、タクシーを止めた。

「タクシーで帰るの？」

「ああ」

「バイクはどうするの？　ここまでバイクで来たんだよね？」

「あいつらに任せる」

怜央はそう言うと、私の手を握ったままタクシーへと乗り込んだ。

私も引っ張られるような形で後に続く。

「××町の〇〇マンションまでお願いします」

「はい、かしこまりました」

運転手さんはそう言うと、後方を確認してからタクシーを走らせた。

◇そばにいたいと願う姫

車内に流れていたラジオに耳を傾けてから三〇分。タクシーは怜央がひとり暮らしをしているマンションの前で停車した。

握られた手はまだ一度も離されていない。

いつもは落ち着かないこの距離に今日は何度も救われた。

怜央が隣にいてくれるだけで、気持ちが落ち着く。……もしかして、タクシーを選んだ理由は私の手を握ったままでいられるから？

いやいやいや、都合よく解釈するのはよそう。

「瑠佳？　なにぼーっとしてんだ。行くぞ」

「あ、うん」

先に外に出た怜央に声をかけられて、私もタクシーから降りる。

ん？　あれ、ちょっと待って。

咄嗟に「うん」と返事をしたけれど、行くってどこへ⁇

ここでタクシーを降りたってことは怜央の家？

「ねぇ、怜央の家に寄るの？　私、今日はもう帰らないと」

タクシーにあった時計は七時を回っていた。

今日はバイトが休みの日。そろそろ帰らないと志貴が不思議に思うだろう。

「寄るっつーか、今日は帰す気ねぇよ」

「帰す気ないってどういうこと……？」

「うちに泊まってけ」

「な、なに言ってるの？　無理だよ。志貴をひとりになんてできない」

私は今日、狂猫が手段を選ばないチームだということを身をもって知った。その後で家を空けるなんてできない。

「弟のことなら真宙と冬馬に任せてある」

「真宙くんと冬馬くんに？　でも」

「このまま帰したくねぇんだよ。瑠佳のことだから、弟の前では気丈に振る舞うだろ？」

確かに怜央の言うとおりだ。

私はこのまま家に帰れば何事もなかったかのように、志貴と接するだろう。

だけど、それのどこがいけないのかわからなかった。

「今日は自分のことだけを考えろ」

自分のことだけを考えろ……か。

「わかった」

そう返事はしたけれど、自分のことだけを考えるなんてやっぱり無理だ。

少しだけお邪魔したら帰ろう。そう思った矢先、志貴から一通のメッセージが届いた。

《真宙さんと冬馬さんって人が家に来た。俺がひとりだから泊まっていくって。姉ちゃんも風邪には気をつけろよ》

「風邪……？」

なんのこと？　私はこのとおりピンピンしている。

「怜央、これどういうこと？」

スマホを怜央の方へと傾ける。

「弟には香坂に連れ去られた話なんてできないだろ。だから、俺の看病のために泊まるって話になってる」

志貴は私の仕事を家政婦だと思っている。私がそう伝えたからだ。

「そうだったんだ。黙っていてくれてありがとう。でも、やっぱり泊まるわけにはいかないよ……」

「あと香坂の尾行をトキに任せた。これでもまだ帰る理由が必要か？」

怜央は蓮見と書かれた表札の前で立ち止まると、私の目をじっと見つめてきた。

志貴のそばには真宙くんと冬馬くんがいて、香坂のことはトキくんが見張ってくれている。

それなら心配はいらないのかもしれない。だけど……。

「いいのかな、皆に迷惑をかけて」

「そんなこと気にしてたのかよ。前にも言っただろ？　姫はチームで護るって。うちには瑠佳のことを迷惑だなんて思う奴いねーよ」

「……うん」

「じゃあ、今夜はうちに泊まる。それでいいな？」

私が頷くと怜央は安堵の表情を見せた。

雇われの姫相手にそんな顔をしないで。大切にされればされるほど、胸が苦しくなる。

当たり前のようにそばにいられる〝彼女〟のことが私は――。

「荷物、適当に置いていいから」

「あ、うん。ありがとう」

「これタオルと着替え。先に風呂入れよ。俺、夕食の準備しておくから」

「怜央の家なんだから怜央が先に入りなよ。夕食も嫌じゃなければ私に作らせて」

「嫌とかはねーけど、今日は色々あって疲れただろ?」

「え、そんな風に見える？　私、すっごく元気だけど。それに料理なら苦じゃないから大丈夫。なにもしないのはさすがに気が引けるし」

「わかった。でも、風呂は先に入ってこいよ。俺は他にやることがあるから。洗濯機の使い方だけ教えておく」

「そういうことなら先に使わせてもらうね。ありがとう」

洗濯機の使い方を教えてもらい、脱いだブラウスを中へと入れる。

その途中で私は大事な話をしていないことに気がついて、急いでリビングへと戻った。

「ねぇ怜央!」

「どうした？　……って、お前なんつー格好で出てきてんだよ」

怜央の言葉で自分がブラウスを脱いだ後だということを思い出す。

「キャ、キャミソールは着てるから。って、今はそんなのどうでもよくて!」

「……よくねーよ」

「ん？　なんか言った?」

「なんも。で、なんだよ?」

「今、思い出したんだけど、実は香坂と話していたときに気になったことがあって」

「気になったこと？」

「うん。ライトくんはまだ姫の正体を掴めてないんだよね。どうやって姫を捜しているか知ってる？」

「香坂の周辺にいる人間や昔つるんでいた奴らの中で金を動かせそうな奴を調べてるらしーけど」

「これは私の予想でしかないんだけど、その近くに姫はいないのかもしれない」

「どういうことだよ？」

香坂が一度だけ仮面を剥がしたときがある。

もし、あのときの言葉が本音だとしたら……。

「今日、私を攫った仲間の中に狂猫の姫を口説いた人物がいて、その男は香坂に脅されていたみたい。香坂が言うには罪を犯したロリコン野郎だって」

「……それで？」

「だけど、その男は二〇歳位に見えた。狂猫の姫が香坂と同じ、もしくは年上だったとしたらそんな言い方するかな？　香坂よりも年下ってことは考えられない？　下手したら中学生とか……」

「中学生？　親が金を持っていたとしてもそんな大金を簡単に動かせるか？」

「それは私もわからない……。それに男が若く見えただけかもしれないし、香坂の言葉にも大した意味はないのかもしれない。でも、一応伝えておこうと思って」

「つーか、その男を捕まえればなんか吐くかもしんねぇな。瑠佳の見解は俺からライトに伝えておく。姫捜しは難航してるから情報はなんでも助かるよ。ありがとな」

「うん」

「話が終わったんなら、さっさと風呂入れよ。目の毒だから」

「目の毒って……」

怜央からしたら見たくもないものを見せられたのかもしれないけれど、なにもそんな言い方をしなくてもいいじゃない。

リビングから追い出された私は、お風呂場に戻ってシャワーを浴びた。

怜央が用意してくれたTシャツは少しサイズが大きくて、うちとは違う柔軟剤の香りになんだか心が落ち着かなかった。

「怜央ー。お風呂ありがとう」

そう声をかけながら扉を開けると、ソファに腰掛けていた怜央と目が合った。

テーブルに置かれていたスマホからは真宙くんの声がして、通話の最中だと察した私は引き返そうとする。けれど、そんな私を見て「それじゃあ、冬馬の教育はお前に任せた」と言い一方的に通話を終了させた怜央。

「電話良かったの。話の途中じゃなかった？」

「そっか。あ、あの、ちょっと気になったことがあるんだけど……」

「要件は伝えた」

「ん？」

「教育ってなに？　もしかして、今日のことが関係あるの？」

電話を切る際に怜央が口にした不穏な一言。その真意が気になって直接、本人に尋ねてみる。

「……まぁな。教育ってのは、冬馬に護衛としての基礎をもう一度叩き込むことだ。あいつには姫を任されてるっていう自覚が足りなかった」

「自覚が足りなかったのは私も同じだよ。だから、冬馬くんのことは」

「大目にみろってか？」

私が言いたかったことを先に口にする怜央。

今日のことは、私がもっと警戒をしていれば防げた話だ。

だけど怜央の意見は私とは違っていた。

「どんなことがあっても姫を護る。それが護衛の役目だ。冬馬がしっかりしていれば連れ去られるなんてことはなかった」

「でも、」

「悪いけど瑠佳の頼みは聞けない。教育は闇狼にとって必要なことなんだ。これからも姫を護るために」

闇狼の総長である怜央にそう言われたら、私はもう返す言葉もない。

次に狂猫が動いたとき、狙われるのが私とは限らない。

もし、今日攫われていたのが櫻子さんだったら……。取り返しのつかないことになっていたかもしれないのだ。

「チームのことに口を出してごめん」

「いや。責任感の強い瑠佳が言いそうなことだなと思った」

怜央はそう言うと、片方の手で私の頬を掴んだ。

唇を突きだす私を見て彼は「間抜けな面だな」と笑う。

「ひゃれのせーれほうなったと（誰のせいでこうなったと）？」

「悪い悪い」

怜央が私の頬から手を離す。

「もー、なんだったの」

「暗い顔してたから」

「元気づけようとして？」

「そこまでは考えてねーよ。ただ瑠佳が笑えばいいなと思って」

「笑うってよりかは、ちょっとイラッとしたかな」

「あー……まじか」

「あはは、冗談だよ」

「ここで笑うのかよ」

そう言う怜央も笑ってるじゃない。

＊

「映画も観終わったし、そろそろ寝るか？」

怜央がそう口にしたのは、私が彼の家を訪れてから五時間が経過した頃だった。

時刻は〇時三〇分。

タブレットの画面には【THE END】と表示されて、観ていた映画の終わりを告げる。

「他にまだ観たい作品でもあるのか？」

タブレットに視線を落としたまま黙り込む私に、怜央が問う。

「ううん。大丈夫」

今、観終わった作品だって、ほとんど頭には残っていない。後ろにあるベッドのせいで。寝るってまさかふたりで？

いや、そんなわけないよね。私たちは、本当のカップルじゃないし。

「奥か手前どっちがいい？」

突如、与えられた選択権。

「どっちがいいって？」

「寝る位置」

「えっ、一緒に寝るの!?」

「うち、布団とかねぇし」

私が聞いているのは、そういう話ではない。

「私はソファでも大丈夫！　なんなら床でも！」

「ソファ？　別に瑠佳もここで寝ればいいだろ」

「せ、狭くない？」

「瑠佳ひとりくらい、平気だろ」

怜央は平気でも、私は平気じゃない。主に心の問題で。いつ心臓が飛び出したっておかしくはないのだから。

「それになんかあったとき、近くにいる方が護れるからな」

「こんなところでなにも起きないでしょう」

「あーもう、うっせぇ。寝るぞ」

「ちょっ……⁉」

体をふわりと抱きかかえられたかと思えば、直後ベッドに放り投げられる。

「大人しく寝ろよ」

電気が消された後、ギシっとスプリングの軋む音がして、背中に怜央の熱を感じた。

ここまできたら、もう覚悟を決めるしかない。怜央にとっては、流木と一緒に寝るようなものなのだろう。

できる限り壁に近づいて瞼を下ろす。

このまま朝を迎えようとした私に怜央が「なぁ」と声をかけてきた。

「なに？」と聞き返しても返事はなくて、体ごと振り向く。

すると、背中を向けていたはずの怜央がこちらを向いていて、いつもよりも近い距離で視線が交わった。

「なんで……こっち見て、」

「あっち向いて寝るとは言ってねぇ」

「それはそうだけど……」

「今日、」

「へ？」

「あいつ、香坂とふたりのときになんか言われたり、されたりしなかったか？」

熱を持った怜央の手が私の頭を優しく撫でる。心がずっと落ち着かない。

それよりも、どうしてこのタイミングでその話を？　もしかして、私が落ち着くのを待ってくれていたのだろうか。

「ちらーっと、ナイフを見せられて脅されただけ」

「は？　なんですぐに言わなかったんだ」

「怪我とかなかったし」

「あのなぁ、そういう問題じゃねぇんだよ」

「ごめん。今度からちゃんと報告するから」

「他には？　まだ隠してることねぇよな？」

「あとは話してただけ」

闇狼の結成理由や怜央がチームにいる理由、櫻子さんとの関係すべて私の知らない話。

もし、私が知りたいと言えば、怜央は答えてくれるのだろうか？　……いいや、私が知る必要はないか。

「話ってどんな？」

「どんなって……」

闇狼の話は今、しないと決めたばかりだ。狂猫の話も既にしたし、他になにを話したっけ。急いで記憶を探る。

「えーっと、私が本当に怜央の姫なのか疑問に思ったみたい。でも、その話はどうにか切り抜けられたと思う」

「まぁ、そう簡単には信じねぇか」

「どう考えても、私の力不足だよね。……やっぱり経験値は誤魔化せないのかな？」

「……経験値なら積めばいいんじゃねーの？」

「え、今からじゃ間に合わないよ。そんな相手もいないし」

「ったく、うちの姫はどこで経験積んでくる気だよ。ここにいるだろ、俺が」

「へ……？」

困惑する私に怜央が言った。

「今から積む？　経験」

熱い視線を向けて――。

【怜央 side】
「今から積む？　経験」

困惑する瑠佳に俺が「なんてな」と続ければ終わる話だと思っていた。

「そ、その手があったか……！」

「──は？」

冗談のつもりで口にした言葉に前向きな返事が返ってきて、困惑させられたのは俺の方だった。

照明は消したまま。枕元にある小さなランプが周囲をオレンジ色の暖かな光で包む。

三〇センチほど近づいてようやく相手の表情がわかる。そんな距離でまずは瑠佳の手を握った。指を絡めると、ぎこちなく握り返してくる細い指。

「手……は、いつも繋いでるから大丈夫だよ」

「それって次のステップへ進みたいってこと？」

俺の言葉に瑠佳が小さく頷く。抵抗も反論もしないのは、瑠佳の真面目な性格故だろう。〝バイトだから〟ただ、それだけだ。

でも、あまりにしおらしい態度だと調子が狂う。どこまでも許されるようなそんな気持ちさえ芽生えてしまう。

「次は抱きしめるから」

そう宣言してから、目の前の華奢な体を抱き寄せる。同じシャンプー、同じボディーソープを使っているはずなのに俺とは異なる甘い匂い。

乱れた髪を耳にかけてやると「んっ」と声をもらして、可愛らしい反応を見せる瑠佳。

「どう？　経験積めてる？」

「わっ、かんない」

「じゃあ、もう少し先いってみるか？」

瑠佳の体を支えながらゆっくりとベッドに押し倒す。赤く染まった頬が、潤んだ瞳が、ランプに照らされる。

前髪の上から額に軽く触れるだけのキスを落とす。

指先で首筋を撫で上げると、瑠佳がびくんと体を震わせて「怜央……もう、」と小さく口にした。

──このままだと、俺の理性が先に飛ぶ。

バイト初日、ファミレスでどこまでがセーフで、どこからがアウトなのかという話を瑠佳とした。

そのとき俺は〝俺次第〟なんて言葉を口にしたけれど、偽りの姫相手にこれ以上手を出すつもりはない。

「はい。これで終了な」

唐突に打ち切られたレッスンに瑠佳がきょとんとした表情を見せた。

「えっ？」

「お、わり？」

「もう十分だろ。早く寝ないと朝になるぞ」

「そー……だね」

瑠佳が俺に背を向けて、眠りにつく。

その背中に伸ばしかけた手を力なく下ろした。今はまだだめなんだ――。

＊

ピチョン、ピチョン――、
　　ピチョン、ピチョン――。
遠くから聞こえるのは水の音？
また蛇口を閉め忘れた？　違う、この音はあの廃虚ビルの――。
夢の中の世界へと誘われてから数時間後。私はベッド上ではっと目を見開いた。
額や首元にはじっとりと汗が滲んでいて、心臓はどくどくと暴れている。

「……はぁ、……はぁ、」

何度も息を吐き出しながら隣に視線を移す。

怜央がいる。そうだ、ここは怜央の家で廃虚ビルなんかではないし香坂もいない。

その事実に安堵して、怜央を起こさぬようこっそりベッドから抜け出した。

水漏れの可能性があるのは洗面所とお風呂場、それかキッチンの三か所。

私は蛇口に緩みがないか一か所ずつ見て回った。

しかし、どの蛇口もしっかりと閉められていて、水は一滴もこぼれ落ちていなかった。私は夢でも見ていたのだろうか？　それとも幻聴？　どちらにせよ、このままでは眠れない。

なにか飲み物でももらおうかな。そう思って冷蔵庫に手を伸ばしかけたそのとき、掠れた声で「瑠佳……？」と名前を呼ばれた。

「怜央、ごめん。起こしちゃった？」

「こんな時間になにやってんだ？」

「えっと……。喉が渇いたから、お水をもらおうかなーと思って」

私が「いいかな？」と尋ねると、シンクの横に置いてあったコップを手渡された。

「ありがとう。怜央も飲む？」

「俺はいい」

「わかった」

冷蔵庫から取り出した水をコップに注ぐ私の横で怜央がなにか言いたそうな顔をしていたけれど、私はそれに気づかないふりをしながら冷たい水を口へと運んだ。

「なぁ」

「ん、なに？」

「本当はなにしてたんだよ」

「なにって……だから水を」

「そんな嘘が通用するとでも思ってんのか」

「えっ……？」

コップを置いたタイミングで、怜央に強く抱き寄せられる。

ベッドから出て数分。冷えきった体が温もりに包まれた。なんで私、抱きしめられて……。

「顔青ざめてる。目も潤んでるし。……もしかして、昨日のことを思い出したのか？」

怜央の親指が私の目じりをそっと撫でる。隠し通せる自信があったんだけどな。

「さっきまでは本当に平気だったの。だけど、眠っていたら廃虚ビルで聞こえた水の音がして……」

「水の音？」

「幻聴だったみたい。水回りは全部確認したけど、なんともなかったから」

「すぐに気づいてやれなくてごめん。こんな言葉じゃ瑠佳の不安は拭いきれないかもしれないけど、俺がそばにいる。瑠佳が安心して休めるように起きてるから」

いつもよりもずっと優しい声が耳に落ちてくる。

そんなことを言われたら、私はますますだめになる。……彼の優しさに甘えてはいけない。

そう思った私は怜央の体を押し返して、残りの水を一気に飲み干した。

「もう落ち着いたから大丈夫。怜央も私のことは気にしないで眠って」

「でも、」

「じゃないと朝、起きられなくなっちゃうよ。怜央も一限から授業出るでしょ？」

「ああ」

「じゃあ、寝室に戻ろう」

「……そうだな」

寝室に戻ると、怜央はなぜかベッドの上に私を座らせて自分は床へと腰を下ろした。膝の上に置いていた私の手はそっと優しく包み込まれる。

そして怜央は私の顔を見上げた直後、真剣な面持ちで話し始めた。

「あのさ、この仕事辞めるか？」

「へ？　急になに？　やっぱり経験がない私に姫を託すのは難しいと思ったの？」

眠りにつく前、経験を積むという理由で始まったレッスンはなんの前触れもなく、突然終了した。

「違う。傷ひとつ、つけさせねぇ。俺はその約束を守れなかった。だから、瑠佳が辞めたいっていうのなら……」

「守れなかったってどういうこと？　私、傷なんてひとつもないけど」

「傷っていうのは体だけじゃない。心にも負うもんだ」

「幻聴のことなら心配しなくても大丈夫だよ。今はもうなんともないし」

「〝今は〟だろ？」

「今日のはたまたまだって。きっと疲れてただけだよ」

私が「平気だよ」と言って笑ってみせると、怜央はいつもよりも低い声で私の名前を呼んだ。

「瑠佳、俺は……」

「……怜央は私に姫を辞めてほしいの？」

「そうじゃない。瑠佳はなにかあっても平気なふりをするところがあるだろ。だから、心配なんだ。それに今日でわかったろ？　香坂みたいな奴がいるって。このまま姫を続けていたら、また同じような目にあうかもしれない」

怜央の言うとおり、私は今日初めて姫という仕事がどういう危険を伴うものなのか知った。自分には覚悟が足りていなかったこともわかった。

普通に生きていたら、攫われることも、ナイフで脅されることもない。

香坂は必ずまた私に会いにくるだろう。それでも私は……。

「辞めない。私は姫を続ける。だって、私が姫を辞めたら櫻子さんがあんな目にあうかもしれないんだよ？　そんなの絶対にだめ」

私がこの仕事を続けるのは、もうお金だけが理由じゃない。

今、私が姫を辞めて櫻子さんにもしものことがあったら……この先ずっと後悔することになる。

怜央が大切にしている彼女を私も護りたい。怜央に傷ついてほしくない。

そして最後は私の勝手な願い。櫻子さんの代わりでもいいから、そばにいたい。

もう、この想いから目は逸らせない。

——私は怜央のことが好きなんだ。

「そもそも、怜央だってそのために私を雇ったんでしょう？」

「櫻子を護るために瑠佳を雇ったのは事実だ。だけど、瑠佳ならどうなってもいいってことじゃないからな」

「……わかってるよ。私のことも護ってくれるんでしょう？　怜央が、闇狼の皆が。

だから、私は大丈夫」

「ああ、今度こそ狂猫の好きにはさせない」

怜央の手に力が入り、体が焼石のように熱を持つ。今、水をかけられたらジュワーッと音がしてしまいそうだ。

「手熱いな。熱でもあるんじゃねーの？」

怜央の手が私の額にぴたりと触れる。そんなことされたら体温が上がる一方だ。

それに、さっきからなんだか胸も苦しい。

異性への免疫のなさからたびたび、怜央の行動に動揺することはあったけれど、今までとは大きくなにかが異なる。

これが恋心を自覚したせいだと言うのなら、恋とはとても厄介なものだと思った。

「だ、大丈夫だよ。暑いだけだから。えーっと。じゃあ姫の仕事は続行ってことでいいんだよね？」

「ああ。だけど、ひとつだけ条件がある」

じょう……けん……？　今まではそんなもの存在しなかった。

今後は私自身も、もっと気を引き締めるように。そういった類の話だろうか。

「条件ってなに？」

私の問いかけに怜央が立ち上がる。

そして彼は両方の手で私の顔を包み込むと、予想外の言葉を口にした。

「俺にもっと甘えること」

「……え？」

私が姫を続けるにあたっての条件だよね。

それが甘え……？　甘えること？

「い、意味がよくわからないんだけど？」

「なんでもかんでもひとりで抱え込もうとするなって話。海でも似たような話したろ？」

「……したね」

「いつになったら俺に頼ったり、甘えてくんの？」

怜央が私の顔を覗き込む。その姿に胸がどくんと鳴った。

「怜央の気持ちは嬉しいけどそれは……」

「瑠佳の性格上、難しいんだろ？」

「それもあるけど、正直どうやって甘えればいいのかよくわからないんだよね」

母が亡くなった後、まだ幼かった私たちを男手一つで育ててくれた父。

そんな父に甘えるなんて、自分勝手でわがままなことだと思っていた。

だから、今更どうやって人に頼ったり、甘えたりすれば良いのかわからない。

「わからないなら、これから覚えていけばいいだろ。俺の隣で」

「……へっ」

「なんか文句でもあんのか？」

その言葉に首を大きく横に振る。

「よし。じゃあ、まずはさっきみたいなことがあったら俺に隠さず頼ること」

「うん」

「あと前に海に行きたいって教えてくれただろ。そういう話をもっとしてほしい。一緒にやりたいこと全部叶えようぜ」

「……それって、甘えるの範疇《はんちゅう》を超えてない？　なんだか甘やかされてるみたい」

「俺は瑠佳をずぶずぶに甘やかしてやりたいと思ってるけど？」

そう口にした怜央は、私の頭をぐりぐりと撫でると優しく笑った。

「そ、そんなの困る」

「あ？」

「だって、」

〝私を特別扱いしてくれるのは今だけでしょう？〟そう口にしかけてやめた。

わかりきった答えを聞く必要なんてないと思ったからだ。

「それじゃあ私がだめ人間になりそうじゃない？」

代わりにおどけてみせると「なんだそれ」と鼻で笑われる。

「だ、だから！　ほどほどにお願いしますって話」

「はいはい」

明らかな空返事。本当にわかっているのだろうか？

私を甘やかしたってなんの得にもならない。

私が怜央のそばにずっといたいって言いだしたらどうするつもり？

後々、困るのは怜央なんだから。……私と違って怜央は先のことまで考えていないんだろうな。

「甘えるにあたっての第一段階ってことでなんかねぇ？　俺にしてほしいこととか」

怜央の問いかけに自然と首を傾げた。

「じゃ、じゃあ、今日は手を繋いで寝てほしい……」

甘えるってこういうことで合ってるのかな？

正解がわからず不安になっていた私の手を取り怜央は「お安い御用ですよ、お姫様」なんて柄にもないことを言う。

二度目の眠りについた後、誰かが私の頭を優しく撫でてくれる。そんな幸せな夢をみた――。

数時後、アラームの音で目を覚ました私は怜央の家から直接、学校へと向かった。

バイクから降りると正門前にいた新那が小走りで駆け寄ってくる。

「おはよ、新那」

「昨日、蓮見くんの家に泊まったって本当⁉」

私と怜央が一緒にいるときはいつも遠巻きに見物をしている新那。

しかし、今日の彼女は怜央を気にする素振りすら見せなかった。

新那にも心配かけてたんだな……。

あれ？　でも、どうして新那が怜央の家に泊まったことを知っているのだろう？

怜央が新那に伝えたとは考えにくい。

「もしかして、真宙くんから聞いたの？」

「ち、違うよ！　志貴から連絡があって……。瑠佳ちゃんの仕事は本当に家政婦なのかって」

「あー……、そっちか」

「あっ！　志貴には心配しなくても大丈夫だって伝えておいたから」

「ありがとう」

「それで？　なにがあったの」

「ここじゃあれだから、移動しよっか」

隣にいた怜央に「話してもいい？」と許可を取った後、私たちは屋上へと移動した。

そこで昨日起きたことをすべて打ち明けると、新那はぷるぷると震えながらこう言った。

「……瑠佳ちゃんのこと、護るって言いましたよね？」

大きな瞳は怜央をまっすぐ見つめている。

「ああ、言った。それなのに瑠佳を危険な目にあわせてすまない」

言い訳ひとつ口にせず、頭を下げた怜央。

「私が攫われたとき、怜央は一緒にいなかったの。でも、すぐに助けにきてくれたんだよ。だから、見て！　こんなにもピンピンしてるでしょう？」

体を大の字に広げ、怪我をしていないアピールをすると新那は安堵のため息をもらした。

「……次は絶対に瑠佳ちゃんのことを護ってくださいね」

「約束する」

「た、頼みましたからねっ！」

この日は怜央も新那も一日中、私にべったりで昼食も三人で食べることになった。

「あ、そうだ新那。毎年恒例の誕生日パーティーのことだけど、今年は土曜日だから当日集まる感じでいいかな？」

購買で買ったパンを食べながら新那に問う。

「もちろん大丈夫だよ」

「誕生日パーティーって誰の？」

「七月十日。瑠佳ちゃんの弟、志貴の誕生日パーティーです」

「そんなことも知らなかったんですか？」と怜央に対して謎のマウントを取る新那。

「それって俺も行っていいやつ？」

「いいけど、ただの誕生日パーティーだよ？」

「弟とは軽く挨拶しただけだろ。昨日のこともあるし、一度しっかり話しておこうかと思って」

雇われ姫を始めてすぐの頃、家まで送ってくれた怜央と買い物帰りだった志貴が偶然顔を合わせたことがある。

そのとき、ふたりは軽く会釈を交わすだけだった。

「でも、毎年三人でやってるなら遠慮する。弟と会うのは別の機会でもいいし」

「それなら大丈夫。今年は志貴も同じクラスの女の子を連れてくるみたいだから。友達って言ってたけど彼女かな？」

「え、志貴に彼女？」

「彼女だとしたら、ちょっと複雑かも」

「ふふ、志貴は瑠佳ちゃんが育てたようなものだもんね」

「まだ彼女だと決まったわけじゃないんだけどね。あ、あと新那。今年も志貴のこと頼みます」

私が準備をしている間に新那が志貴を買い物に連れ出してくれる。これも毎年お決まりのパターンだ。

ちなみに、志貴にはその場で欲しいものを聞いてプレゼントする。それが新那流。

「頼まれました！」

「じゃあ、ふたりとも時間が決まったら連絡するね」

「うん」

「ああ」

このときの私たちは七月十日に起こる抗争のことをまだ知らなかった。

その日、すべてが明らかになり、私と怜央の関係が変わってしまうことも——。

◇真実を知った想われ姫

七月十日。今日は弟、志貴の誕生日。

毎年うちで開く小さなパーティーに、今年は怜央と志貴の友達が参加することになった。

どんな子が来るのかな? わざわざうちに呼ぶなんて、志貴とはどういう関係なんだろう?

私はパーティーの準備をしながら、そんなことを考えていた。

「あ、そろそろケーキ受け取りに行かなきゃ」

完成した料理にラップをかけて、毎年お世話になっているケーキ屋さんへと向かう。

甘いものが苦手な父と母には別にチーズケーキを用意する。今年もそれは変わらない。

一昨年の志貴の誕生日を思い出しながら、お店でケーキを受け取った。

その帰り道、ポケットの中でスマホがヴーッ、ヴーッと音を鳴らした。

画面に表示されていたのは知らない番号。

「誰だろう？」

一度目は無視したものの、何度もかかってくるその電話に「緊急かも……」と不安を抱いた私は受話器のマークをスライドさせた。

「もしもし」

『どうも、水瀬瑠佳ちゃん』

その声は二週間前、私の前に突如現れた男のものだった。

「どうしてあなたが私の番号を知ってるの？」

『さぁ？　どうしてだと思う。知りたいなら教えてあげるよ。だから今から会わない？』

スマホから聞こえてくる香坂の声は、やけに上機嫌だった。

この電話は、また私を攫うための囮《おとり》なのかもしれない。

そう思って周辺を警戒するが、特に怪しい人物は見当たらなかった。

そもそも今日は休日で、この辺りは人も多い。

前回のように、私を無理やり連れ去るなんてことはできないだろう。

「会うわけないでしょう」

『そんな態度でいいの？　今日の主役はもうここにいるよ』

「……なんのこと？」

『今日の主役は志貴くんしかいないでしょう』

その言葉に背筋が凍りついた。

香坂の言っていることが本当ならば、志貴は彼の元にいる。

『早く志貴くんに会いにこないと、おねーちゃん』

「志貴はどこなの？　私の大切な弟に手を出したら許さないから」

『相変わらず威勢がいいね。迎えの車をやったから、アジトまで来てよ。もちろんひとりで。蓮見に助けを求めたら……わかるよね？』

「怜央に連絡はしない。言うとおりにする。だから、志貴には手を出さないって約束して」

『それは瑠佳ちゃんの態度次第かな。隣の女の子も君のことを待ってるよ』

香坂はそう言うと一方的に電話を切った。

隣の女の子。香坂は名前を出さなかったけれど、状況から察するに志貴と一緒にいた新那のことだろう。

私のせいで志貴だけではなく、新那まで巻き込んだ。悔しくて、でもどうにもできなくて。

そんな自分に苛立ちを募らせていると、目の前に一台の黒いワゴン車が停車した。

「乗れ。香坂さんのところへ向かう」

運転席から顔を出した男は要件だけを短く述べる。

到着の早さからして、この男はずっと私の後をつけていたのだろう。

私は返事をする代わりに男の車へと乗り込んだ。

「早くアジトに向かって」

「その前に今すぐそれを捨てろ」

男は私のショルダーバッグの横で揺れる狼を指差しながら、そう言い放った。

「なに言って……！　無理に決まってるでしょう」

これは怜央から一時的に預けられたもの。櫻子さんが怜央のことを想って作った大切なマスコットキーホルダーだ。

「こっちはもうわかってんだよ。それにGPSが仕込まれてること」

「だけど捨てるなんて」

「お前がそれを処分するまで車は動かない。いいのか早く弟に会いにいかなくて」

この狼は必ず怜央の元へ返さなければならない。

でも今、志貴と新那を助けられるのは私しかいないんだ。

「――わかった」

ごめんね、怜央、櫻子さん。

一度車から降りて、ショルダーバッグから外した狼を電柱の横へとそっと座らせる。必ず迎えにくるから。

「外した。これでいい？」

「さっさと乗れ」

私が再び車へと乗り込んだのをバックミラー越しで確認した男はなにも言わずに車を走らせた。


「降りろ」

目的地に到着すると、男は私を先に車から降ろした。

目の前には古びた倉庫があり、その周辺には数十台のバイクが停められている。

これが狂猫のアジトなの……？

ここは住宅街から遠く離れていて、近くの道路は交通量も少ない。〝なにか〟起きても近隣の住人は気づかないだろう。

でも、きっと大丈夫。怜央がうちに来るのは今から十五分後。

私と連絡が取れないことを不審に思い、狂猫の動きに気づいてくれるはずだ。

「おい、入れ」

男は倉庫の扉を開けると、私に中へと入るよう指示をした。

「なにここ……」

闇狼のアジトとは全然ちがう。

複数の香水が混じった匂いに、爆音で鳴り続ける音楽。

数十人いる男たちは煙草やスマホに夢中で、とても協調性があるとは思えない。

その群衆をかき分けると、ひとりソファに腰を下ろす香坂が目に入った。

近くに志貴と新那の姿は見当たらない。

「約束どおり誰にも言わずひとりで来た。だから、今すぐふたりを返して」

「弟とお友達なら二階だよ」

香坂が指差した先には、手足を縛られた状態の志貴と新那がいた。

「ふ、ふたりは関係ないでしょう！」

香坂に歩み寄ろうとする私の手を、さっきまで一緒だった男が掴み阻止する。

「離してよ！」

「香坂さんから許可が下りたらな」

「いいよ、離してあげて。でも、二階に行くのは許さないから」

「……どうしたら、ふたりを返してくれるの」

「先に君に紹介しないといけない人がいるんだ」

紹介？　私に？

「美李亜《みりあ》」

香坂がそう口にすると、プレハブのような建物の中からひとりの少女が姿を現した。白のワンピースに身を包んだ彼女は、私の目を見てにっこりと微笑む。

「はじめまして、水瀬瑠佳さん」

「どこの誰だか知らないけど、私は今この人と話をしていて……！」

「そんなに怒らないでください。私は志貴くんのお友達として、お姉さんに挨拶をしたかっただけなんです」

「……え？　なに言って……」

この子が志貴の友達？

「嘘でしょう？」

私を混乱させるための嘘。そうでなければ、彼女がこの状況で楽しそうにしている理由がわからない。

「本当ですよ。私、志貴くんと同じクラスの美李亜っていいます。こうしてお会いするのは初めてですよね」

志貴と同じクラスだと言い張る彼女は香坂の隣に座ると、くるくると髪をいじりながら話を続けた。

冬馬くんは以前、狂猫には副総長がいないと言っていた。

そうなると、狂猫のアジトでこんなにも自由に振る舞える人物は総長である香坂以外にあとひとりしか存在しない……。

「もしかして、あなたが狂猫の姫なの？」

情報屋のライトくんでさえも正体を掴めていないという謎に包まれた姫。

「正解。お姉さんは頭が良いんですね。志貴くんなんて私が良いバイトを紹介してあげるって言ったら、すぐに心を開いて誕生日パーティーにまで招待してくれましたよ。まぁ、お姉さんを楽させてあげたい～とか思ったんでしょうけど」

「志貴が連れてくる予定だった子って……」

「私です。道に迷ったって連絡をしたら志貴くん、すぐに迎えにきてくれて。その後、私の言葉にまんまと騙されて捕まっちゃったんですけど」

「姫の正体は隠していたはずでしょう。こんなにあっさりばらしてもいいの？」

「もう、いいんだ。今日ですべてが終わる。闇狼は解散。俺たちがトップになる」

香坂は天井を見上げながら「ははは」と笑う。

闇狼が解散？　彼は一体、なにを企んでいるの……？

「はぁー。こんなにも胸が高鳴るのは初めて」

恍惚とした表情で香坂のことを見つめる狂猫の姫、美李亜。

ライトくんの情報によると、狂猫が力を持ち始めたのは裏でお金が動くようになってから。その資金源は今、私の目の前にいる彼女。

だけど中学生が一人で大金を動かすなんてほぼ不可能だ。親のお金を香坂に渡しているのだとしたら、そこまでする目的はなに？

「あなたはこんなことに付き合ってなにがしたいの？　まだ中学生よね？」

「こんなところでお説教ですか？　ほんと真面目な志貴くんとそっくり。私が姫になったのは、香坂さんといれば退屈な毎日から抜け出せると思ったから。ただそれだけです」

「たったそれだけの理由で……？」

「ええ、始めはそうでした。でも、今は違います。私が今も狂猫の姫でいる理由は闇狼の姫が瑠佳さん〝あなた〟だと知ったから」

「わ……たし……？」

「あなたが志貴くんのお姉さんだからですよ。私は志貴くんの傷つく姿が見たいんです」

彼女は残酷な言葉を口にしながら無邪気に笑う。

志貴の傷つく姿が見たい……？

「な……なにそれ。志貴があなたになにかしたの？」

「いいえ、なにもされていませんよ？　ただ、貧乏で親もいないくせに毎日、幸せそうにしているところが気に入らないだけです」

その言葉に唖然とした。

強く握りしめた拳が怒りで小さく震える。手のひらに食い込む爪の痛みさえも、今はもう感じなかった。

「あなた、どうかしてるんじゃない……？」

「そんな風に言われたら悲しいです。私は志貴くんにないものを持っている。それなのに満たされない毎日を過ごしているんですよ？　そんなのおかしいじゃないですか」

そう訴えかけてくる彼女を見て、私の言葉は届かないのだと感じた。

「あなたが苦しむことによって、志貴くんの傷つく姿が見られる。志貴くんから笑顔を奪える」

彼女はそう言うと、隣に座っていた香坂の腕に自分の腕を絡ませた。

「君が闇狼の姫になってくれたおかげで、俺と美李亜の絆はより一層強いものになったんだ。礼を言うよ」

「なにが礼を言う……よ。ふざけないで！」

「本当は君にも感謝してほしいくらいなんだよ？」

「どうして私があなたなんかに……！」

「だって、君が蓮見の姫になれたのは俺のおかげでしょう？　愛しい幼なじみを護るためだけに用意された偽りのお姫様」

片方の口角だけを上げて、にやりと笑った香坂。

「……なに……言って？」

〝偽りのお姫様〟香坂は確かにそう口にした。

彼は私が偽りの姫だということに気づいていたの？　一体いつから？

もしかして、私を攫ったときにはもう……。

「敵のことを調べてたのは君たちだけじゃないんだよ。まぁ、調べなくても君が偽物だってことにはすぐ気づいたけどね。だって、蓮見があの幼なじみ以外を姫にするなんてあり得ない話だから」

香坂は私の反応を見て楽しんでいる。

一旦、冷静になって落ち着こう。そうでないと相手の思う壺だ。

「そんなのただの憶測に過ぎないでしょう？」

「憶測……ね。別に偽物でも落ち込むことはないよ。蓮見は君のこともチームの一員として大事に思っているはずだから」

香坂が私と怜央のなにを知っているっていうの？

「あの日、狂猫が君を攫った理由を特別に教えてあげる」

「………………」

「あれは蓮見が偽りの姫相手にどこまで必死になるか確かめるためのテストだったんだ。偽物なら簡単に切り捨てることができる。でも、蓮見はそうはしなかった」

ソファから立ち上がった香坂がゆっくりと歩きだす。

一歩、また一歩と私と香坂の距離が縮まり、彼は私の目の前で足を止めた。

そして片方の手で私の顎を持ち上げるとこう言った。

「君には価値がある。俺はあの日そう判断したんだ」

「……っ、触らないで」

私は咄嗟にその手を振り払う。

「君が少しの間、苦しい思いをするだけで、俺と美李亜は大嫌いな人間の傷つく顔が見られる」

「怜央にとって私がそこまで価値のある人間だと本当に思うの？　無駄なことをしてるって思わないの？」

「無駄かどうかは、やってみないとわからないよ。お前ら仕事の時間だ」

香坂が一言指示を出すと、周りにいた男たちが一斉に私を取り囲む。

「姉ちゃん――！」

志貴がそう叫んだ直後、二階からガシャンと大きな物音がした。

「うるせー！　黙ってろ。……次、騒いだらわかってんだろうなぁ？」

志貴の近くにいた男が鉄パイプを地面に叩きつける。

男の行動はまるで「次はこの棒をお前に向けて振り下ろす」と言っているようだった。

「ってことだから、大人しくしててね～」

「おい、誰か縄知らね？」

「あ？　あー、あった。ここここ」

「……この女、まじで抵抗しねーな」

「そりゃあ、あんなの見せられた後に無理だろ。そろそろ泣きだすんじゃね？」

「かわいそー。つーか、闇狼来ねぇじゃん。俺ら必要あった？」

「来ねぇ方がよくね？　どっちにしろ金はもらえんだし。それなら楽な方がいいだろ」

「それもそうだな」

私が抵抗しないように腕を掴む男。その手を背中へと回し、後ろ手に縛る男。それを周りで見ている男たち。

……ここに来たときも思ったけれど、彼らは闇狼の皆とはあまりにも違う。

闇狼の皆は自ら人を傷つけるような真似はしない。

「香坂さーん。それでこの女どうします？」

「連れてこい」

「うぃーっす」

私の前にいた男たちが道を開け、視界には再び香坂と美李亜の姿が映る。

「とりあえず正座でもしてもらおうかな。足は自由なんだし簡単でしょう？」

ここで私が拒否をすれば、志貴や新那に危険が及ぶかもしれない。

「……わかった」

指示どおり正座をした私の前に香坂がしゃがみ込む。

そして彼はあの日と同じようにナイフをちらつかせた。

「やっぱり最初は目に見える傷かな」

ひんやりと冷たいコンクリートが私から徐々に熱を奪っていく。

体が震えるのは、それだけが理由じゃない。

「今回は脅しじゃないから」

香坂が本気の目をしているからだ。

あの日と同じようにナイフが頬に触れる。同じ高さで交わる視線。

それを先に逸したのは意外にも香坂の方で、彼は私の顔からナイフを遠ざけると今度は大きく振りかぶった。

「蓮見なんかと出会わなければ良かったのにね」

ほんの一瞬、沈鬱《ちんうつ》な表情を浮かべた香坂。

彼のつぶやいた言葉は私に向けたものというよりも、自分自身に向けて発したもののように聞こえた。けれど、私にその真意を確かめるほどの余裕はなく、太ももに振り落とされるであろうナイフから目を逸らす。

うちに帰ったら志貴に怒られるだろうな。なんでこんな仕事を引き受けたんだって。

新那は大きな瞳からたくさんの涙をこぼすだろう。

怜央は間違いなく自分を責めるだろうし、闇狼のメンバーには何度も頭を下げられそう。……私が傷つくだけならまだ我慢できる。

だけど皆の悲しむ顔は見たくない。そんなことを思いながら、痛みに耐えるため下唇を強く噛み締めた。

しかし、数十秒が経過しても私の体にはなんの変化も起こらない。

もしかして、思いとどまったの……？

一度、逸らした視線を恐る恐る元へと戻す。

すると、ちょうど立ち上がるタイミングだった香坂と目が合った。

「……香坂さんびびったんすかー」

飛んできた野次には目もくれず、力ずくで私を立たせる香坂。

「あ？　お前らには聞こえなかったのか」

「聞こえるってなにが……？」

複数の男たちが首を傾げた直後、耳を塞ぎたくなるような大きな音がして、薄暗い倉庫に光が指した。

振り向くと砂ぼこりが舞う中から大勢の人影が見えて、その先頭には額から大粒の汗を流し肩で息をする怜央の姿が――。

「瑠佳！」

「遅くなってごめんね。瑠佳ちゃん」

「瑠佳さん！」

「姫!!!」

怜央を先頭にして、闇狼のメンバーが次々と狂猫のアジトへと乗り込んでくる。

狂猫のメンバーは一斉に扉の方へと走りだし、香坂は私の腕を引いて反対方向へと歩きだした。

背後からは男たちの雄叫びと、いくつもの打撃音が重なる。

狂猫の姫は複数の男に囲まれながら、この場を後にした。

「……チッ。あいつらバイクの排気音にも気がつかないのかよ」

香坂が聞いたのは、怜央たちが走らせてきたバイクの音だったんだ。

倉庫内に鳴り響く音楽、それに痛みへの恐怖から私にもその音は届かなかった。

「本当なら今頃、怒り狂った蓮見の顔が見られたのにな。でもまぁ、どうせなら蓮見の前で君を傷つけるのも悪くない」

「まだ諦めてないの？」

「諦める？　俺が？　有利なのはどっちかわからない？」

香坂は地面に倒れ込んでいた男の腹を足で踏みつけながら私に問いかけてきた。

「君の目にはこの状況がどう映る？」

倒れ込んでいる男たちの大半が闇狼の特攻服に身を包んでいる。

香坂に踏みつけられている男も同じだ。

「その足を退けて……！」

「その前に俺の質問に答えてよ」

香坂は男の腹を抉るようにして足をひねる。

すると、倒れ込んでいた男は苦痛に悶えた。

「……今は狂猫が優勢に見える。答えたんだから早くその足を退けて」

「〝今は〟ね。まぁ、いいか」

私の返事に満足したのか、香坂は足を退けると殴り合う男たちを器用に避けながら前へと進んだ。

「姫……護れなくてすみません」

背後から聞こえたか細い声に、下唇をきつく噛みしめて涙をこらえる。

闇狼を終わりになんてさせたくない。いいや、そんなこと絶対にさせない。

私はこの居場所を護り抜いて、櫻子さんへと返すんだ。

「おい、香坂さんだ。道を開けろ」

階段の前で待機していた男たちは、香坂に気づくと左右に分かれ道を開けた。

「二階から見る景色はさぞかし絶景だろうな」

香坂に強く腕を引かれながら、階段を上り始めたそのとき——、

「……こいつらなんの役にも立たねぇな」

怜央の声が私と香坂の足を止めた。振り向いたときには、さっきまで強固な壁となっていた男たちが皆、地面へと這いつくばっていたのだ。

「……蓮見てめぇ、ふざけた真似しやがって」

「ふざけた真似してんのはどっちだよ。香坂……お前、二度も瑠佳に手ぇ出してどうなるのかわかってんのか？」

怜央は一度、私に視線を送ってから二階に目をやる。

私はそれを〝合図〟だと受け取り、ばれないよう小さく頷いた。

そして次の瞬間、倉庫内に怜央の怒号が響く。

香坂が怯んだその隙に私は彼の手から逃れて、二階へと一気に駆け上がった。

ようやく志貴と新那の元へ向かえる。そう思ったけれど、棚の奥からひとりの男が姿を見せて、逃げだしてきた私の腕を「逃さないよ」と言いながら掴んだ。男の顔は深く被ったキャップとマスクせいでよく見えない。

だけど「逃さないよ」という言葉からして狂猫の人間だろう。

「……っ、離して！」

男の手を振りほどこうと試みるが、びくともしない。

「蓮見ー。お前ちょっとは頭使えよ。二階にいるのは俺らの仲間だぞ？　それなのに姫を逃したつもりにでもなってるのか？」

胸ぐらを捕まれ、壁に押し付けられているというのに香坂はまだ強気だ。

「……俺は仲間を、瑠佳を信じてる」

「は？　なに言ってんだこの状況で」

「香坂さん！　この女は俺に任せてください！」

私の腕を掴んでいた男が香坂に向けて叫ぶ。

「報酬は後でたっぷり払う」

男はその言葉を聞いて「ありがとうございます！」と一礼した。

「残念だったな、蓮見。金があるところには優秀な奴らが集まるんだよ。悔しかったらお前も金で雇えばいい。ああ、お前のところは姫がそうだったな」

怜央の隙をうかがって足を高く蹴り上げた香坂。けれど、その攻撃を軽々と躱《かわ》した怜央は、逆に香坂を下まで引きずり下ろした。

それだけではなく、香坂に加勢する狂猫の男たちを次々となぎ倒していく怜央。

「……怜央！」

「お前はこっちだ」

私は腕を引かれて別の場所へと連れて行かれる。

そこは志貴も新那もいない薄暗い物置の裏だった。

「こんなところに連れてきてどうする気？」

男は私の質問に答えるよりも先に、手で私の口を塞いだ。

そして背後に回ると「五秒でいい。話すのも動くのも我慢して」と変わった要求をしてくる。

私が返事に悩んでいると男は「頼む。時間がないんだ」と続けた。

時間がないってどういうこと？

それに頼むって……。この人は狂猫の仲間じゃないの？

聞きたいことは山程あったけれど、私はひとまず五秒だけ男を信じることにした。

「わかった」

変な動きをするようだったら、思いっきり肩を振って反撃に出よう。

そんなことを考えている間に、私の腕を拘束していたロープがプツリと切れた。

足元にはその残骸が散らばっている。

「え……？」

後ろを振り向くと男はマスクの前で人差し指を立て、私に声を出さないようジェスチャーで伝えてきた。目の前にいるこの男は、一体誰なの？

拘束を解いてくれたからといって、仲間とは限らない。

それに数秒でロープを切ったってことは、この男も刃物を所持しているはず。

私は自由になった両腕を前に出して、相手を正面に見据えながら構えの姿勢を取った。

男は私の行動に一瞬、戸惑いの表情を見せる。……ん？　この目、どこかで見たことがあるような……？

「僕は……」

男がなにかを言いかけたそのとき、別の男が現れて私たちに気づいた。

「おい、ここでなにしてんだ。……って、闇狼の姫じゃねーか」

「……やっぱり罠だったの？」

「は？　なんのことだ。つーか、いつの間に縄を解いたんだよ。……ったく、手間かけさせんな」

指をポキポキと鳴らしながら近づいてくる男の前に、私をここまで連れてきた男が立ちはだかる。

その行動に今度は私が戸惑いを隠せなかった。

「なんだお前？　どけよ」

「…………」

「無視してんじゃねーよ。お前も香坂さんに金もらって来てんだろ」

「お前らみたいなクズと一緒にされたくないね」

「……は？　お前、今の言葉もういっぺん言ってみろよ」

後から来た男は私のことなんか忘れて、目の前の男に掴みかかる。

……こんな所で仲間割れ？　いや、違う。

私の憶測でしかないけれど、私をここへ連れてきた男は狂猫の仲間ではない。

じゃあ、あなたは誰なの？　敵？　味方？　それだけでいいから教えてほしい。

わからないけれど、ふたりを助けるためには、あなたの協力が必要な気がする。

だから私が取る行動はひとつ。この人を連れてここを突破する！

私のことなど既に眼中にない男の背後を取るのはいとも容易く、勢いよく蹴り上げた足は見事に男の急所へとヒットした。

「うっ」と声がもれて、目の前の大きな背中が小さく丸まる。

「ど、どこの誰だか知らないけど行くよ！」

男が戦闘不能なうちに敵か味方かわからない男の手を取り、物置裏から逃げだす。

けれど、急所を押さえながら縮こまっていた男が「裏切り者だ」と大声で叫んだことにより、二階にいた狂猫の男たちが騒ぎ出した。

「……ここで捕まったらふたりを救出できない」

「大丈夫、まだ相手は僕たちの行動に気づいていないよ。水瀬さん」

一緒にいた男は私を落ち着かせるために声をかけてきたのだと思う。

だけど彼が私を〝水瀬さん〟と呼んだことによって、それどころの話ではなくなった。

「あなた誰なの？」

今は男の正体を探っている場合ではない。でも、万が一敵だとしたら……。

「……今のは完全に僕のミスだね。今まで正体を隠しててごめん」

男はそう言うと被っていたキャップを取り、マスクを顎までずらした。

「メガネがないからわかるかな」と弱気な発言をした彼は私が毎日のように顔を

合わせている人だった——。

「い、委員長……」

いつも同じ教室で授業を受けている彼がどうしてここにいるの……？

「詳しい話はまた後で。先にふたりを救出しよう」

委員長は驚きのあまり動けずにいた私の手を引いて走りだした。

逃げ出した先に委員長がいて私を助けてくれる。そんなの、あまりにも都合が良すぎる。もしかして、委員長は闇狼のメンバー？

だけど学校で怜央と話すところなんて一度も見たことがないし、会合でも顔を合わせたことがない。

そんな特例が許されるのはひとりしかいない。

「おい！　逃げても無駄だぞ」

「もう気づかれたか。水瀬さん急ごう」

「う、うん」

居場所がばれた私たちは、ただ前だけを見つめて力の限り走る。

今は他のことを考えている余裕なんてない。

「あ、そうだ。先に言っておくけど僕、喧嘩は専門外だから」

「へ⁉」

暴走族なら皆、喧嘩ぐらいしたことがあるんじゃないの……⁉

後ろを走る男がひとり、ふたりと増えて、先頭にいた男が私の肩を掴んだ。

その手を払いのけて男の腹に膝を入れる。

すると、男は両手で腹を押さえながらしゃがみ込んだ。

「水瀬さんやるね」

「真宙くんから攻撃の術を教えてもらったから」

香坂に攫われた後、私は怜央にわがままを言って冬馬くんが受ける予定だった教育を一緒に受けさせてもらった。

怜央には「甘えるってそういうことじゃねぇよ」と呆れられたけれど、学んだことは決して無駄ではなかった。

狂猫の追跡から逃れた私たちは、ようやくふたりのいる場所へとたどり着いた。

ここからまた狂猫との戦いだ。そう思っていたけれど、私たちが到着したときにはすでにふたりの男が地面に倒れていた。

近くでは拘束されていたはずの志貴が大きな伸びをしていて、新那はなぜかフライパンを握りしめている。

「ど、どうなってるの？」

「あ、姉ちゃん！」

駆け寄ってきたふたりに怪我がないことを確認してから、近くの椅子に腰を下ろし息を整える。

「ふたりとも無事で良かった……！　だけど、縄はどうしたの？　この人たちは見張りの人だよね？」

「あのさー姉ちゃん。俺も一緒に護身術と柔道を習ってたの忘れたの？　大人しくしてたのは隙を作るため。下で喧嘩が始まった瞬間ささっと解いてやったつーの」

「志貴すごかったんだよ。見張りの人は仲間を呼ぼうとしたから、このフライパンでバーンって」

新那は持っていたフライパンをテニスラケットのようにして振ってみせた。

テニス部の本気のスイングを受けた男の容体が気になり、上から顔を覗き込む。

「あ、ちゃんと息はしてたから大丈夫……！」

「そ、そう……良かった。危険な目に合わせてごめんね」

「大丈夫だよ。皆、無事で良かったね」

「ところで、そのフライパンはどうしたの？」

「志貴が誕生日プレゼントは焦げ付かないフライパンがいいって言うから。私も気になることがあるんだけど、どうして委員長がいるの？」

「え、よく気づいたね。一緒にいるのが委員長だって」

驚く私に対して新那は「すぐにわかったよ？」と首を傾げながら言う。

「水瀬さんが鈍感なんじゃないかな？」

「わ、私？　新那が鋭いんじゃなくて？」

「いやー……。あ、下の方も決着がついたみたい。この話はまた今度にして怜央たちの元へ向かおう。この争いを終わらせるために」

歩きだした委員長の後に私と新那、それから志貴が続く。

下では狂猫の多くが地面に大の字で倒れ込んでいて、香坂は壁に背をつけ満身創痍といった状態だった。

「おい、蓮見。これで終わると思うなよ」

「あ？　これで終いだよ。狂猫は今日で解散だ。そうだろ？　ライト」

怜央が声をかけると、委員長はスマホを取り出す。

やっぱり委員長が闇狼の情報屋、ライトくんだったんだ……。

真宙くんは隠れていた美李亜をどこからか引っ張り出してくると、委員長の前に立たせた。

「入井《いりい》さんってみまもり生命の代表取締役社長、入井鋼太郎《こうたろう》の娘だよね？　ホームページの挨拶にはお客様に安心を……って書いてあるけど、娘が暴走族に金を流していたこと知ってるのかな? このことが世間に公になったら問題になるだろうね」

委員長がスマホに触れた途端、流れだす音声。

そこには彼女が香坂と金のやり取りをしている動画が収められていた。

スマホには他にも私がここに到着してからの音声が含まれていて、彼女がこの抗争や志貴の連れ去りに加担したことも証拠として残されていた。

「お父さんは解任かな?」

その言葉に膝から崩れ落ちた美李亜。

彼女の顔は青白く、まるでなにかに怯えているようだった。

「お願い。黙ってて。こんなことがパパに知られたら、私……本当に嫌われちゃう」

「それは君次第だよ。わかるよね?」

「は、はい……。も、もう、狂猫には一切お金を渡さないし、関わりません!」

委員長の一言で、あっさりと狂猫から手を引くことを決めた美李亜。

彼女の言葉に狂猫のメンバーたちは「報酬がねぇならやってられっかよ」と傷だらけの体を引きずりながら去って行った。

お金で繋がっていた関係はこんなにも脆《もろ》い。

闇狼のメンバーは「怜央さん、やりましたね」「狂猫に負ける気なんて始めからなかったんだよ」とこの抗争への勝利に声を弾ませる。

「嘘だろ……」

その様子に今度は香坂が膝をついた。

「なんでお前ばっかり慕われるんだよ……。闇狼の奴らはどれだけ金を積んでも〝蓮見蓮見〟って俺に見向きもしなかった」

香坂は闇狼のようなチームを作りたかったのだろうか。

それなら怜央に固執していたのにも納得がいく。

「本物の仲間がほしいなら、金に頼ったり、卑怯な真似すんな。てめぇの言葉で、行動でチームを引っ張るんだよ」

怜央の言葉が香坂に届いたのかどうかはわからない。けれど、香坂は狂猫にとってもうなんの価値もなくなった美李亜の肩を抱きながら倉庫を後にした。

その様子を隣にいた志貴が黙って見つめる。

「あの志貴……色々と話さなきゃいけないことがあって」

「だいたいのことは新那から聞いた。それよりも入井の奴、月曜学校来るかな」

「……どうだろう」

「俺、どうしても入井が悪い奴だとは思えないんだ。俺のこと嫌いなのは事実かもしれないけど、入井との思い出が全部嘘だったとは思いたくない。……こんなんだから俺、騙されるのかな」

「この中であの子のことを一番知ってるのは志貴だよ。だから志貴が思う彼女を信じればいいと思う」

「ありがとう姉ちゃん」

「僕らもそろそろ帰ろうか」

委員長の言葉にこの抗争は終わったのだと実感する。

「そういえば、どうしてここがわかったの？」

GPSが仕込まれた狼は私も新那も持っていなかった。

新那もきっと私と同じように手放すよう言われたのだろう。

「狂猫の姫が水瀬さんの弟の同級生だってわかった後、嫌な予感がしたから狂猫側に協力者を送り込んだんだ。チーム内の人間がコロコロと入れ替わる狂猫だから簡単だったよ」

委員長が遠くにいた人物を指さしながら話してくれた。

「なるほど……」

「水瀬さんを連れ去った男を捜すのは苦労したけど、その後はすぐに姫にたどり着けた。水瀬さんのおかげだよ。ありがとう」

「いやいや、そんな……」

「本当は今日、怜央の口から姫について話してもらう予定だったんだけど、まさか先に香坂が動くとはね。水瀬さんたちのGPSをONにしたら変な場所で止まったままだったから、怜央たちには直接狂猫のアジトへ向かってもらったんだ」

私は櫻子さんが作った狼にもずっと護られていたんだ。

闇狼のそばにいなくても力になれる彼女には一生敵わない。

「櫻子さんって本当にすごいや。早く怜央の狼を迎えに戻らないと」

私がそう口にすると、怜央と委員長が声をそろえて「なんで櫻子？」と不思議そうにする。

「だって、あの狼って櫻子さんが作ったものでしょう？」

「えっ？　ああ、そういえばそんなことになってたっけ。あれを作ったのは僕だよ水瀬さん。喧嘩もせず、情報を集めてばかりの僕に手芸の趣味まであるなんて知られたら舐められると思って隠していたんだ。あと、これなら冬馬くんが回収済みだから安心して」

私の手の中に置いてきた狼が戻ってくる。

「委員長の手作りだったんだ⁉　こんなの作れるなんてむしろ誇るべきだよ」

「水瀬さん……ありがとう。最初は櫻子に持っていてほしくて作ったんだ。怜央たちのはついで。でも、役に立って良かったよ」

委員長が櫻子さんに持っていてほしいから作った……？

「あの、委員長と櫻子さんの関係って？」

「櫻子は僕の彼女だけど？」

「えっ、櫻子さんは怜央と両想いなんじゃないの⁉」

倉庫内に響いた声のせいで皆の視線が一斉に私へと集まる。

「なんだか複雑なことになってるね。僕らは先に闇狼のアジトへ戻るから、きちんと説明しなよ怜央。真宙、志貴くんの誕生日パーティーを僕らで仕切り直そう」

「そうだな。おーい、今から瑠佳ちゃんの弟の誕生日と闇狼勝利のパーティーを開くからアジトに戻るぞ」

真宙くんの号令に闇狼のメンバーがぞろぞろと倉庫から出ていく。

志貴と新那も委員長に連れられて倉庫を後にした。

さっきまで百人近くいた倉庫に今は怜央と私のふたりきりだ。

「怪我してないか？」

怜央の熱い指先が私の頬に優しく触れる。

「してないよ。怜央と闇狼の皆が護ってくれたから」

「そうか。姫を失った香坂は狂猫から手を引くだろう」

「……うん」

「今まで何度も危ない目にあわせて悪かったな」

怜央の口にする言葉がなんだか別れの挨拶みたいで胸がちくりと痛む。

櫻子さんの手術はまだ終わっていないけれど、狂猫が解散するのなら私の役目も今日で終わりなのかもしれない。

これは悲しいことじゃない。むしろ、喜ぶべきことだ。

それなのに上手く笑えない。

「でも、姫になってから今日まで私は傷ひとつつけられなかったよ。幻聴が聞こえたのも結局、あの夜だけだったし、心に傷も負ってない。なんでだかわかる？」

私の言葉に怜央が黙り込む。

「そばに最強の総長様がいたからだよ」

私がそう口にすると怜央が「最強の総長様か……」と鼻で笑った。

「じゃあ、その総長様が聞くけど、俺がいつ櫻子を好きだって言ったんだよ」

私にそっと触れていた怜央の手が、笑うことも泣くこともできない私の顔をぎゅっとつまんだ。

「……ふへぇ？」

これまでの湿っぽい雰囲気が怜央のふざけた行動によって一変する。

「なにを勘違いしてるのか知らねぇけど、俺と櫻子は瑠佳が思ってるような関係じゃねぇよ」

　怜央が私の前で櫻子さんへの想いを口にしたことは一度もない。

　私が勝手に思い込んでいただけだ。でも、それには理由がある。

「だ、だって櫻子さんのこと大切そうだったし、昔の話をするときも優しい顔してたから」

「櫻子は大切だけど妹みたいなもんだ。俺、昔の話なんかしたか？」

「危なっかしい奴がそばにいたって」

「ああ、それはライトの話な。あいつは昔から運動神経悪いんだよ」

　委員長のことだったんだ……。

「あ、あと……！」

「なんだ、まだあんのかよ」

「香坂が闇狼は櫻子さんを護るために作ったチームで、暴走族に興味のない怜央が今でも総長を続けているのはなんのためだろうねって私に聞いてきたから」

　そんなことを言われたら、櫻子さんを好きだからという理由が一番に浮かんでしまう。

「あいつそんなことまで喋ってたのかよ。真宙の兄貴、真中《まなか》が櫻子を護るために作ったチームって話は本当だ。櫻子は昔から変な男に好かれることが多かったからな。

闇狼結成時、俺らはまだ中学生で正直こんな大きなチームになるとは思っていなかった」

怜央の口から初めて語られる闇狼結成の話。

「俺が今も闇狼にいるのはあいつらと過ごす時間が好きだからだ。あと、俺は総長になってから狂猫の解散を目標としてきた」

「……うん」

「それは櫻子を護るためだ。だけど途中からは俺のためでもあったんだ」

狂猫解散が怜央のため？

「あのチームは姫になにをするかわからねぇ。だから、潰しておく必要があった。瑠佳を本物の姫として迎え入れるために」

えっ……今なんて？

「私を本物の姫にって……」

言葉の意味を理解できていない私を腕の中へとそっと閉じ込める怜央。

「俺が姫としてそばにいてほしいのはお前だけだ瑠佳。ライトが姫候補に瑠佳の名前をあげる前から、俺はお前に惹かれてたんだよ」

それだとまるで怜央が以前から私のことを好きだったように聞こえる。

「瑠佳は覚えてないだろうけど――、」

怜央はそう言うと、もうひとつ私の知らない話を始めた。

【怜央 side】

あれは櫻子の病気が再発する少し前、俺たちが高校に入学してから数日が経ったある日のことだ。

同じ電車に乗っていた櫻子が突然、青白い顔をして俺の腕を掴んだ。

「おい、大丈夫か」

俺の言葉に櫻子は首を横へと振る。

車内は多くの人で混み合っていて、移動しようにも場所がない。

学校の最寄り駅まではまだあるが、停車したタイミングで俺は櫻子を連れて車両から降りた。

こんな日に限って、彼氏のあいつは風邪で休みだ。

ひとまず空いていたベンチに櫻子を座らせる。

「救急車か駅員呼ぶか？」

櫻子は幼い頃、心臓に病気を抱えていた。

今は普通に生活を送っているが、子どもの頃から何度も発作を起こす櫻子を見てきた俺は咄嗟にスマホを手に取った。そんな俺の手を櫻子が掴む。

「だい……じょーぶ。ちょっと人に酔っただけだから」

「本当に大丈夫かよ？」

「今日、暑いから余計に。少し休んだら良くなるから」

「……わかった。なんか欲しいもんは？」

「お水。桃の味がするやつ」

「いつものな。少しの間、離れるけど平気か？」

「うん。ごめんね怜央」

コンビニでお目当ての水を見つけた俺は急いで櫻子の元へと戻る。

遠くから見てもぐったりとしている櫻子に誰ひとりとして声をかける者はいなかった。あのときまでは――。

あと十メートルほどの距離を残したところで、ひとりの女が櫻子に声をかけた。

その女は水と鞄から出した飴をベンチへと置いた後、ハンカチで包んだ保冷剤を櫻子へと手渡す。

そして俺が戻るよりも先に女はその場から立ち去った。

「櫻子！」

「あ、怜央。ありがとう」

手渡された保冷剤を首に当てていた櫻子の顔色は、さっきよりもずいぶんとマシに見えた。

「今の知り合いか?」

「違うよ。怜央と同じ制服だったよね。怜央の方こそ知らないの?」

「知らねぇ」

「すごく親切な人だったよ。今度、見かけたらお礼を言っておいてね」

「ああ」

その女が隣のクラスの奴だと知ったのは翌日のこと。

だけど俺は声をかけることをためらった。自分が周りからどう思われているか知っていたからだ。

暴走族の総長なんて簡単には受け入れてもらえない。

俺が声をかけたらあいつまで仲間だと思われるかもしれない。

声をかけない方があいつの、水瀬瑠佳のためなんだ。

一年後、ライトから瑠佳の名前が出るまで俺はお前とは関わらない。そう決めていた。

「——あの日から瑠佳は俺の中で特別だった」

怜央の言葉に私は思わず体を仰け反らせた。

「え、たったそれだけのことで?」

「他人を思いやれる心を持つことは、十分すごいことだろ。まぁ、敵の総長にまでハンカチを渡すほどとは思わなかったけど」

「……あれは」

「なにもせずにはいられなかったんだろ？　俺が好きになったのはそういう女だから」

〝好き〟その言葉が当たり前のように自分に向けられる日がくるなんて思わなかった。

「俺はお前を巻き込みたくなくて最初は別の姫を探す予定だった。でも、欲が出たんだ。どんな形でもいい。契約でも、期間限定でも瑠佳といたいって」

「……怜央」

「櫻子の手術が無事に終われば瑠佳の手を離すつもりだった。でも、それも瑠佳と過ごすうちに無理だって気づいた。櫻子を護るために、そして瑠佳と一緒にいるためには狂猫をこの手で潰す必要があったんだ」

初めて聞く怜央の本音に胸が締め付けられる。

「私も怜央のことが好き」

気づいたら私は怜央を力いっぱい抱きしめていた。

「私だってもう怜央と離れるなんて無理だから。怜央がそうしたんだからね」

「ああ、責任取るよ。姫」

怜央がどんな顔をしているのか気になって顔を上げてみると、額に彼の前髪が触れる。

私は怜央の瞳に映る自分を見ながらそっと瞼を閉じた。

ほんの数秒重なった唇は一度離れると、また引き寄せられるようにしてくっつく。

「そういえばキスはまだしてなかったね」

「周りを騙すためにするもんじゃないからな。つーか、男相手に必要なことならなるべく応えたいとか言ってんじゃねぇよ」

「あれは怜央だったから……」

「俺だったから？　へー」

怜央が目を細めて笑う。

扉の向こうで皆が聞き耳を立てているとも知らず、私たちはもう一度静かに唇を重ねた——。

◇今日も今日とて働く姫

【後日談】

結局、志貴の誕生日パーティーは夏休みに仕切り直すことになり、闇狼のアジトで盛大に開かれた。

狂猫との抗争が終わった夜、怜央は闇狼のメンバーに私が雇われの姫だったことを、私は志貴に家政婦ではなく姫という仕事をしていたことをそれぞれ話した。

すると、なぜか今日『瑠佳さん改めて闇狼へようこそ』パーティーも同時に開かれて、櫻子さんの手術が一昨日成功していたことを委員長が告げると、今度は『櫻子さん手術成功おめでとう』パーティーに。もうなんでもあり。

でも、皆が楽しそうならそれでいいかなんて思えてくる。

志貴と新那は意外にもあっさりと怜央との交際を認めてくれた。

「『姉ちゃん（瑠佳ちゃん）を護ってくれる味方が増えたと思うことにする』」と言って。

香坂はあの抗争以降、私たちの前に姿を見せていない。委員長の調べによると『人から譲り受けたチームじゃなくて、今度は俺のチームを一から作る』と言って奮起しているらしい。誰の力も借りずに。

美李亜は学校には来ているものの、志貴のことは避け続けているらしい。

ただ、一度だけ志貴の机の中に宛名のない手紙が入っていたことがあり、そこには『ごめんなさい』と一言添えられていたのだとか。

そして雇われ姫から正式な姫になった私は怜央との雇用関係を解消。……するつもりだったのだが、実は現在も怜央に雇われている。

新たに怜央専属の家政婦として。

新しいバイト先を探すために求人誌を見ていた私に、怜央はあの日と同じ台詞を口にした。

『俺に雇われる気ねぇ？』と。

仕事内容は洗濯や掃除、食事の用意など怜央の身の回りのお世話が主だ。時折、出張サービスなんて名目で怜央の家に泊まることもある。まさか、志貴に説明していたとおりのことになるなんて思いもしなかった。

パーティーも終盤に差し掛かったころ、予め設定しておいたスマホのアラームが五時を知らせた。

「あ、私、そろそろバイトの時間だから帰るね」

「バイトって怜央のところでしょう。今日はいいじゃん」

先に帰ろうとした私を真宙くんが引き留める。

「怜央いいだろ？」

「あー……、」

「だめ。これは仕事なんだからきちんとさせていただきます」

「つーことらしい。悪いな真宙」

そう言って怜央が私の手を取り歩きだす。

「怜央は残ってもいいんだよ？　合鍵なら預かってるし」

「いいんだよ。あいつらは俺がいなくても勝手に騒いでるんだから。それよりも、早く瑠佳とふたりきりになりたい」

「ふたりきりって、私バイトしに行くんだよ？」

「知ってる。七時までだろ。だから、それまで手を出すのは我慢する」

「それまでって……！」

顔を赤くする私の隣で怜央が皆に声をかける。

「俺らは先に抜けるから、あとは好きにやれよ」

「「お見送りします。総長！　姫！」」

皆に見送られながら、怜央とふたりでアジトを後にする。

——時給一二〇〇円だった雇われ姫は大切な人と頼りになる仲間に出会い今日も元気に働くのです。

「今日も頑張るぞー！」

愛しい総長様の隣で。

Fin.

◇番外編◇～I side～

他人に興味を持たない怜央が入学した頃から時折、目で追っていた女の子。

水瀬瑠佳さん。彼女は後に僕らの姫となる女の子だった。

「委員長、この問題の解き方ってわかる？　今日、当たりそうだから教えて～！」

一限目終了のチャイムが鳴った直後、隣の席の八田《やだ》さんがひとつだけ空欄を残したプリントを持って僕に声をかけてきた。

「ああ、ここは上の問題の応用だから……」

「あ、蓮見怜央だ！」

僕が指差す先ではなく、廊下を歩いていた怜央に目をやる八田さん。

「あ、ごめん。よそ見しちゃって」

「ううん。……好きなの？　蓮見くんのこと」

「えーないない。かっこいいなとは思うけど、暴走族の総長でしょ？　関わりたくはないかな～」

「……そうだよね」

怜央のいるチームに僕も所属していると知ったら、八田さんはどんな顔をするのだろう。

喧嘩の苦手な僕が闇狼なんていう暴走族にいるのは幼なじみの怜央と真宙がいて、護りたい人がいるからだ。

闇狼は真宙の兄で僕たちよりも三つ年上の真中くんが結成したチームだった。

その当時、真中くんは高校一年生で僕らは中学一年生。

幼なじみの櫻子は幼い頃から整った顔立ちをしていて、男子の視線を一身に浴びるような女の子だった。

それだけならまだ良かったのだが、中学生になる頃にはひとりで街を歩かせると危険なほど櫻子は美しく成長した。

そんな櫻子を護るために『俺ら四人が騎士になろう』と言いだしたのが真中くん。

チーム名は当時、真中くんが読んでいた不良漫画の影響を受けて闇狼に。

騎士とは程遠いものとなった。

闇狼なんて名前がついても僕らに大きな変化はなかった。

——あのときまでは。

中一の冬、僕ら四人は櫻子にしつこく付きまとっていた男に人気のない河川敷へと呼び出された。

男が引き連れてきた一〇人近くの仲間は皆、特攻服を身にまとっていて、腕にはこの辺りで有名な暴走族のチーム名が刻まれていた。

「櫻子から手を引け」という男の要求を呑まなければ、ただでは済まないかもしれない。

そんなことは僕ら全員、理解していた。理解していた上で要求を呑まなかった。

男は望んでいた返事を得られず激怒。仲間たちと実力行使に出た。

それが僕たちの初めての喧嘩だった。

怜央と真宙の活躍により完勝した闇狼。男は敗北を認め櫻子の前には二度と現れないと誓った。と、同時に僕らはチームの名を揚げた。

はじめは真中くんの友達、次はその友達が友達を引き連れて闇狼はどんどん大きなチームとなっていった。

そしてチームが大きくなればなるほど櫻子は護られたのだ。

＊

「お、ライトが来るなんて珍しいじゃん」

闇狼のアジトに顔を出すと真中くんが嬉しそうに僕の頭を撫でてきた。

「櫻子とは順調か？」

「うん。皆のおかげだよ」

中二の夏、櫻子からの告白をきっかけに僕たちは付き合い始めた。

「今日はいくつか掴んだ情報を報告しに来たんだ」

初めて大きな抗争があった日、無表情で相手を殴り続ける怜央と、笑いながら相手に蹴りを入れる真宙のことをただ見ていることしかできなかった僕に暴走族は無理だと思った。

でも、僕も闇狼の力になりたくて始めたのが情報屋。

裏名は石橋右京《うきょう》の右という漢字から取ってライトに。

正直に言うと、このセンスはいかがなものかと思う。

だけど櫻子がつけてくれたからありがたく使用している。

——それから月日は経ち、僕たちは高校一年生になった。

真中くんは次の総長に怜央を指名。

怜央は「面倒なことを任された」と言いながらも、闇狼を良いチームへと導いてくれている。

　このまま闇狼を次の世代へと引き継ぐ。

　そのために僕は自分のできる限りのことをした。


　闇狼が窮地に追い込まれたのは高一の冬だった。

　櫻子の病気が再発した直後、香坂が狂猫の総長に就任した。

　香坂はなぜか怜央に固執していて、闇狼を潰すためなら手段を選ばない男だった。

「このままだと櫻子が危険だ。早く狂猫を潰さないと」

　焦る僕に怜央は言った「俺の近くにいる存在を櫻子から姫に変えればいい」と。

　櫻子が僕の彼女だということは、一部の人間しか知らない。

　それ故に周りは櫻子のことを怜央の特別な人だと誤認している。

「でも、そんな相手いないだろ」

「いないなら作ればいいだけの話だ」

「その子を身代わりにするってこと？　そんなことしていいのかな……」

「相手にもメリットを持たせて最後まで護り抜けばいいんだろ。じゃあ、頼んだぞ」

「頼んだって僕が探していいの？」

「お前は人を見る目があるからな」

こうして怜央に任された偽りの姫探し。

水瀬さんを闇狼に推薦したのは他でもない僕だ。

姫候補を探すために時には人の会話を盗み聞いたり、木に登って偵察をしてみたりもした。

その結果、降りられなくなったところを水瀬さんに助けてもらうことになったんだけれど……。偶然、近くにいた猫と一緒に。

僕の集めた情報だと水瀬さんは護身術と柔道を習っていたことがあって、困っている人を放っておけない性格だ。

それにどうやらお金が必要でバイトを探しているらしい。

僕が「水瀬さんはどう？」と提案すると、怜央は黙り込んだ。

巻き込みたくない。そんな気持ちがあったのだろう。

怜央の気持ちにはなんとなく気づいていた。

本人は隠しているつもりなんだろうけど、僕は闇狼の情報屋だからね。

僕の予想はどうやら当たっていたようで、狂猫と決着をつけた日にふたりは付き合うことになった。

僕たちの事情に水瀬さんを巻き込んでしまったのは申し訳ないと思う。

だけど関わりのないままだったら、怜央が水瀬さんに自分の気持ちを伝えることはなかっただろう。……そう、水瀬さんを推薦したもうひとつの理由は僕のエゴ。怜央に暴走族の総長だからという理由で自分の気持ちに蓋をしてほしくはなかったからだ。

「あのさ、怜央」

「ん？」

狂猫との抗争から二日。

怜央と密会する場所として使っていた屋上で、一緒に昼食を食べる約束をした水瀬さんと小川さんが来るのを待っていた僕ら。

その間に僕はずっと引っかかっていたことを怜央に尋ねた。

「水瀬さんのバイト代の件だけど、やっぱり僕らも支払うよ」

水瀬さんへの給料はすべて怜央ひとりが支払っていた。

僕と真宙も負担するつもりだったのに、怜央が「総長の俺が支払う」と言って僕たちからはお金を受け取らなかったからだ。

「いいって言ったろ。もう姫のバイトは終わったんだ」

「今からでも遅くはないだろう？　真宙はまだしも僕は支払わないと。櫻子は僕の彼女なんだから」

「その金で櫻子とデートでもしろよ」

「それとこれとは話が、」

「うるせーな。俺が得したから俺が払う。それでいいんだよ」

ああ……なんだ。怜央が僕らのお金を頑なに断り続けていたのはそういう理由か。

「水瀬さんと仮でも付き合えてラッキー！　役得！　だから、お金は俺が支払うよ！　ってことね」

「そんな言い方はしてねぇ」

「でも、意味は同じだろ？」

ある日、僕らのチームに現れた姫は世間から恐れられていた総長を一瞬にして、ただの男子高校生へと変えてしまった。恋という力によって。

「なんだか櫻子に会いたくなってきたな」

「会いに行ってこいよ」

「まだ授業が残ってるだろ。僕は真面目な委員長だから」

「たまにはさぼったっていいんじゃねぇの」

「……それもそうかもね」

この日、僕は幼なじみの悪友に唆《そそのか》されて人生で初めて授業をさぼることになる。

僕だけの愛しいお姫様に会いに行くために――。

～九十五点の真相～

これは夏休みに入る少し前のこと――。

私は九十五点の答案用紙を握りしめながら隣のクラスへと向かった。

「怜央！」

私が彼の名前を呼びながら教室へ足を踏み入れると、周りの生徒たちが「修羅場か？」と息を呑む。

窓側の一番後ろの席に座っていた怜央の机に、私はさっき返却された小テストの答案用紙を叩きつけた。

「……なんだこれ」

「英語の小テスト。怜央も受けたでしょう？」

「知らねぇ」

「……本当にどうやって進級したんだか。って今はこんな話がしたいんじゃなくて。あのときの五点ってなにが足りなかったの？」

「あのときの五点？」

狂猫や櫻子さんのことで頭がいっぱいになり忘れていたけれど、怜央は私にバイトを依頼した日、五点という点数をつけた。

それは私が上手く怜央の名前を呼べなかったからだ。

その二日後、名前を完璧に呼べるようになった私に怜央は再び点数をつけた。

九十五点と。残りの五点はなにが足りなかったのか。

私はまだその理由を聞いていない。

「私に九十五点って言ったでしょう。初めて待ち合わせした日！」

「……ああ、言ったなそんなこと。別に改めて説明するほどのことじゃねぇよ」

「いいから教えて」

「まぁ、とりあえず糖分でも摂れって」

机の端に置いてあった紙パックのカフェオレに、怜央がストローを差す。

「ほら」と言ってそのカフェオレは私に手渡された。

「……ありがとう。で、理由は？」

「………………」

怜央はこの件についてあまり触れてほしくはなさそうだ。

それならそうとはっきり言ってほしい。誤魔化されると私はもやもやしたままだ。

「あの頃の瑠佳はただ言われたとおり俺の名前を呼んでただけだろ。だから……足りなかったのは気持ちっつーか」

「気持ち……。仕事とは関係ない形で名前を呼んでほしかったってこと？」

「ガキみてぇなこと言ったたって自覚はあるよ。だから、この話はもういいだろ」

怜央は椅子を後ろに傾けながら頭をかく。……珍しく照れてる？

私はそんな怜央の姿をもう少しだけ見ていたくて「じゃあ、彼女の私が口にする怜央の名前はもう１００点？」と首を傾げた。

「そうなるんじゃねーの」

「……ふっ」

「笑ってんなよ」

「怜央」

「あ？」

「怜央」

「なんだよ」

「……なんでもないよ」

これからは、もっと気持ちを込めて呼ぶよ。大好きなあなたの名前を。

『なんかよくわからないけど、水瀬が蓮見の名前を何度も呼んで返事させてた』

『俺は飲み物にストローまで差して渡してる蓮見を見たぞ！』

〝水瀬瑠佳が蓮見怜央を飼いならしているらしい〟という噂が校内に広まるのは、もう少し先のお話――。

～真夏のサプライズ～

怜央と正式に付き合い始めてから一か月半が経過した。

彼氏がいる初めての夏。夏休みの宿題を早々に済ませた私は、二学期が始まる前日まで多くの予定を詰め込んだ。

スーパーにイベントスタッフ。それからお祭りの出店のお手伝い。……どれも全部、バイトの予定。

一番長くお世話になっているバイト先スーパー〝ミカタ〟はお祭りや花火大会が開催されると多くの人が来店して混雑する。

忙しい分、時給は五十円アップになるのだけれど、それでも学生バイトの多くは休みを取りたがる。

店長がパートやバイトの人たちに出勤をお願いして回る中、私は自らシフトを入れた。

私は夏のイベントよりも、時給アップを選んだのだ。

だからといってバイト一色だったわけでもない。

新那とは何度もお互いの家を行き来したし、怜央とは繁華街でデートもした。

闇狼の皆ともアジトで開かれた志貴の誕生日パーティーのときに顔を合わせた。

こうして思い返してみると、学校がないだけで普段となんら変わらない毎日だ。

このまま私の夏は終了。……する予定だったのだが、昨夜、急遽ビッグイベントが舞い込んできた。

私はそのために今日、怜央の家を訪れている。

「……少しは落ち着けよ」

キッチンとリビングを行ったり来たりする私に怜央が呆れた様子で口を開いた。

「怜央にとっては幼なじみが遊びにくるくらいの感覚なんだろうけど、私は違うの」

私が落ち着かない理由。

それは今日この家に櫻子さんがやって来るからだ。

無事に手術を終えて退院した櫻子さんが私に会いたいと言ってくれたのだ。

私もいつか彼女には会いたいと思っていたけれど、まさか夏休み中に会うことになるとは……。

怜央からの連絡が昨夜だったこともあり、まだ心の準備ができていない。

「緊張するような相手じゃねぇって。あいつらを見てみろよ」

怜央が指差す先にはテーブルの上に出されたお菓子をつまむ新那と真宙くんの姿が。

「瑠佳ちゃんが緊張するなんて珍しいね」

「怜央も言ってるけど、そんなびびるような相手じゃないよ」

数時間前、今日のことをどこからか耳に挟んだ真宙くんが、新那を誘って怜央の家を訪ねてきた。

「逆に新那は落ち着きすぎじゃない？」

どちらかといえば人見知りをするのは新那の方だ。

私は人見知りでこうなっているというよりも散々、闇狼のメンバーから素敵な人だと聞かされていた櫻子さんとの対面を前に、プレッシャーを感じているだけ。

……大切な幼なじみの彼女が私なんかでがっかりされないだろうかって。

怜央の話では私と櫻子さんは一度、顔を合わせているようだけれど正直、そのときのことはよく覚えていない。

余計なことをしていなければいいんだけど。

「私は思ったよりも平気かも。相手は女の子だし、今日は知ってる人の方が多いから。それに瑠佳ちゃんだっているし」

「……そうだよね」

櫻子さん以外は見慣れた顔なんだから私も少しは落ち着こう。

ようやく自分を取り戻しかけたそのとき、玄関の方からインターホンの音がして、怜央がドアを開けに行った。

廊下から聞こえてきた委員長と可愛らしい女の子の「お邪魔します」という声。

並んでリビングへと足を踏み入れた怜央と委員長の後ろで艶のある黒髪が揺れた。

「あっ、えっとはじめま……」

「わー‼　はじめまして。いや、二度目ましてになるのかな。瑠佳ちゃんだよね⁉　響《ひびき》櫻子です」

目が合った途端に私の手を握った櫻子さん。その手をぶんぶんと上下に振りながら、彼女は話を続けた。

「隣が新那ちゃん？　新那ちゃんとは、はじめましてだね」

私の手を離して、今度は新那の手を握る彼女。

「あ……そうです」

さっきまで平気だと言っていた新那も櫻子さんの勢いには圧倒されたようで、口がぽかんと開いている。

「えへへ、会えて嬉しい」

綺麗に切り揃えられた前髪の下には長いまつ毛に大きな瞳。

それに、すっと通った鼻筋とぷっくりとした唇。陶器のような肌。

まるでお人形さんのように美しい櫻子さんは、笑うととても可愛い人だった。

「瑠佳ちゃんにはまず去年のお礼を言わないと！　その節はありがとうございました。あの日、私に声をかけてくれた子が怜央の彼女になるなんて本当にびっくりしたよ～！」

「すみません。私そのことはあまり覚えていなくて……」

「いいの、いいの。謝らないで。瑠佳ちゃんにとって人助けは特別なことじゃなかったってことでしょう？　あ、私たち同い年なんだしタメ口でいいよ」

「わかりました……じゃなくて、わかった」

「それから姫の仕事を引き受けてくれてありがとう。お陰様で私は危険な目にあうこともなく、手術も大成功！　超元気！　新那ちゃんも危険なことに巻き込んじゃってごめんね。あ、そうだ！　私、今日アルバム持ってきたんだ。見る？」

「おい、櫻子。一気に喋りすぎだ。あと、会話が急なんだよ。ふたりともついていけてねぇぞ」

フリーズした私たちの代わりに怜央が口を開く。

「あっ、ごめんね。ついテンションが上がっちゃって。右京に話を聞いてからずっと会いたかったの」

櫻子さんは私が思い描いていた人物像から大きくかけ離れていたけれど、パワフルで愛嬌のある素敵な人だと思った。

改めて自己紹介をした私と新那に櫻子さんはアルバムを見せてくれた。

そこに写っていたのは幼い頃の四人。

今と髪色は違うけれど、怜央は小さい頃から怜央のままだった。黒髪の怜央ってなんだかレア。

初めて見る怜央の姿を私はしっかりと目に焼き付ける。

「ねぇ、四人とよく一緒にいる男の子って、もしかして真宙くんのお兄さん？」

「そうそう。俺の兄貴で闇狼の初代総長」

「へー似てるね。今はなにをしてるの？」

「女の尻を追いかけて海外に飛んだ」

「へ、へー……そうなんだ」

行動力のあるところが真宙くんのお兄さんって感じがする。

「こっちの女の子は？」

「ああー、その人は真弓《まゆみ》ちゃん。真宙の五つ上のお姉ちゃんだよ」

今度は櫻子さんが写真に写っていた女の子のことを教えてくれた。

「真宙くんってお姉さんもいたんだ」

私がそう言うと、なぜか顔を見合わせる男子三人と櫻子さん。

「……そろそろ移動する？」と口にした委員長に真宙くんが「そうだね」と返した。

「移動ってこれからどこかへ行くの？」

「瑠佳と小川と櫻子は真宙班。俺はこいつと買い出しに行ってくる」

怜央はそれだけ言い残すと私たちを置いて委員長と買い出しに出掛けた。

「ど、どういうこと？　新那、なにか聞いてる？」

私の問いかけに新那が「なにも……」と首を横に振る。

「真宙、タクシー手配できたよ。私たちも準備して降りよう」

「わかった。瑠佳ちゃん、新那ちゃん。今から向かうところがあるから鞄持って」

「……わかった」

なにも知らされていない私と新那は真宙くんと櫻子さんが用意したタクシーに乗せられて、とある場所へと連れて行かれた。

＊

タクシーを降りた先にあったのは、広々とした敷地に立つ三階建ての一軒家だった。

真宙くんはなぜかその家の鍵を持っていて、ドアを開けるとまるで自分の家かのように足を踏み入れる。

「ここって真宙くんの家……？　じゃないよね」

表札にあったのは知らない人の名前だ。

「ここは俺の姉貴と旦那さんの家。ふたりは旅行中で留守だから好きに使っていいって」

好きに使っていいって、どういうこと？

「とりあえず上がって」

「う、うん」

玄関で靴を脱いだ私たちは、真宙くんを先頭に二階へと続く階段をのぼる。

その先にあった部屋のドアを真宙くんが開けると、そこには見たことのない量の洋服が収納されていた。

「ここってウォークインクローゼット？」

首を傾げる新那に真宙くんは「正解」と言って笑顔を見せる。

「瑠佳ちゃんと新那ちゃんには秘密にしてたんだけど、実は今日俺たちだけの花火大会を開こうと思って」

「花火大会？」

「そう。って言っても、ただの市販の花火だけど。雰囲気が出るように浴衣の準備をしたから、それぞれ好きなのを選んで」

真宙くんは簡単な説明を済ませると、階段を下りて一階へと戻った。

「好きなのを選んでって、ここにあるものは全部、真宙くんのお姉さんのものだよね？」

「ど、どうする？　瑠佳ちゃん……」

「真弓ちゃんには事前に許可を取ってあるから大丈夫だよ」

話の流れについていけていない私と新那を櫻子さんがウォークインクローゼットの中へと押し込む。

「ほら、早くしないと時間なくなっちゃうよ」

私たちは櫻子さんに急かされる中、二〇着近くあった浴衣の中からそれぞれ好きなものを選ばせてもらい、彼女に着付けをしてもらった。

「私も自分で浴衣を着られるようになりたいな」

「本当⁉　じゃあ、今度うちに遊びにこない？　うちのママ着付け教室やってるから教え方上手なんだ」

「わー、行きたい」

着替えの間に距離が縮まったのか、すっかり仲良くなった新那と櫻子さん。

一階に戻ると怜央と委員長が買い出しから戻っていて、私たち六人だけの花火大会がスタートした。

花火は手に持ちながら楽しむスタンダードなものから、クルクルと回り火花を散らすものまで様々な種類が用意されていた。

噴水のように縦に上がる火花に驚いていたら、別の花火は十数メートル先まで打ち上がり綺麗な花を咲かせる。

「きれー……。市販の花火であんなのがあるんだね」

リビングで皆の分の飲み物をコップに注ぎながら、隣にいた怜央に話しかける。

「俺もあのでけーやつは初めて見た」

「今日のこと事前に教えてくれてたら、私も花火大会らしい準備をしてきたのに」

「準備って？」

「焼きそばとかフルーツ飴作り」

「お前、それ出店のバイトでもやってただろ」

「だから自信作を持ってこれたの」

「いいんだよ、今日はただ楽しんでおけば。元々、櫻子が瑠佳と小川に礼がしたいって言って始まった計画だからな」

「そうだったの？」

「ああ。俺は正直、六人で思い出を作るよりも瑠佳とふたりで過ごす時間を優先したかったけど」

「う……ごめん。私がバイトばっかりしてたせいで」

「謝るようなことじゃねぇよ。それに櫻子の計画も結果的には悪くなかったしな」

「え？」

「瑠佳の浴衣姿が見られた」

怜央はテーブルに片ひじをつきながら、熱い視線で私を見つめてくる。

「……なにも言わないから浴衣とか興味ないのかと思ってた」

「真宙の後にはなんも言えねぇだろ」

そうだった。私たちが一階に戻ると真っ先に真宙くんが話しかけてきたんだった。

『お、可愛い子たちが下りてきた。新那ちゃんは白の浴衣にしたんだ。赤い牡丹の花がアクセントになっていて可愛いよ。瑠佳ちゃんは紺色に紫陽花かー。大人っぽくて素敵だね。櫻子の浴衣姿はもう何度も見てきたけど、今年の桜柄の浴衣も似合ってるよ』

あれは今まで浴衣姿の女の子を多く褒めてきた男の台詞だった。

「俺だって似合ってると思ってたし、惚れ直したよ」

そう言いながら怜央が私の手を握る。

「うちの姫は照れ屋だから、こういう言葉には弱ぇんだよな」

「そ、そんな大げさな」

「……わかってるなら言わないでよ」

「もう我慢する必要なくなったんだ。瑠佳の色んな顔が見たいと思うのは当然のことだろ?」

怜央が立ち上がると置いてあったコップからカランと氷の溶ける音がして、ふたりの唇が重なった。

「み、皆いる……から」

「でも、拒否んなかったろ」

私だってもう彼女歴一か月半だ。キスをするときの雰囲気ぐらい察しがつく。

だから、わかる。今、もう一度、瞼を閉じた方がいいことも。

「あっつー。瑠佳ちゃん飲み物もらっていい?」

さっきまで外で花火を打ち上げていた真宙くんがリビングへと顔を出して、私は咄嗟に怜央の胸板を押し返した。

「す、好きなの取って」

「ありがとー。って、瑠佳ちゃんなんか顔赤くない?」

真宙くんはコップを手に取りながら私の顔を覗き込む。

「ソ、ソンナコトナイヨ」

「なんで片言？　あー……、もしかして怜央といやらしいことでもしてたの？」

「そ、そんなわけないでしょう」

「えー怪しいな。瑠佳ちゃんと怜央には前科があるから」

前科って、もしかしてあの海に行った日のこと？

「あ、あのときはほんとになにもなかったんだって‼」

「あのとき〝は〟ね」

真宙くんはにやにやと笑みを浮かべると、私と怜央の顔を交互に見た。

「……真宙、次はねーからな」

「怖ぇー。いちゃいちゃするのも結構だけど、早くしないと花火なくなるよ」

真宙くんは私たちに背を向けると、ひらひらと手を振りながら皆の元へと帰って行った。

「……ばれた。怜央のせいで」

「瑠佳も墓穴掘ってただろ。あと、その顔じゃ全然隠せてねーからな」

確かに、怜央の言うとおりだ。一番の原因は私のこの真っ赤な顔にある。

「花火も残り少ねぇみてーだし、俺らもそろそろ戻るか。外ならその顔も誤魔化せるだろ」

「も、もう大丈夫でしょう」

「……………」

前を歩いていた怜央が途中で足を止めて振り返る。

「え、まだ赤い？」

目が合って首を傾げた私の唇に怜央はもう一度キスを落とした。

瞼を閉じる時間すら与えられなかった私の目の前で、怜央の銀色の髪が揺れる。

「さっき邪魔された分」

彼女歴一か月半の私に今日、二度目のキスを察知することはできなかった。

怜央の行動はいつだって予測不能で、簡単に私の心をかき乱す。

「……戻るには、もう少し時間が必要かも」

「じゃあ、もう少しここでのんびりするか」

自然と視線が交わって、指が絡む。

髪に、額に、熱くなった頬に、また怜央からのキスが降ってきて、今度は彼の瞳に映る自分を見ながら瞼を閉じた。

遠くに花火の音を聴きながら——。

Fin.

◇書籍特別番外編◇～キスのその先～

冷たい風が肌を刺して、吐いた息が白く染まる一月。

つい最近、怜央との交際半年記念を迎えた私は選択の時を迫られていた。

ひらひらとすけすけの二択で。

「……やっぱり、どう考えても攻め過ぎじゃない。これ？」

学校から遠く離れたショッピングモールの中にあるテナントのひとつ。十代から二十代をターゲット層としたランジェリーショップで私はかれこれ数十分は頭を悩ませていた。

「勝負下着ってこういうものじゃないのかな？　私もよく知らないけど」

右手に白のレース、左手にピンクのレースのものを持った新那が私に「どうする？」と尋ねてくる。

右は、ショーツの中に入れた手が透けてしまうほど生地が薄い。左は、一見レースが多くて可愛らしい作りに見えるがショーツ、ブラ共に大事なところが紐になっていて簡単に解けてしまいそう。

「他にもお店あるみたいだから、ここは一旦保留にして休憩する？」

「そうしようかな」

今までコスパ重視で下着を購入していた私に勝負下着を選ぶのはまだ早かったようだ。

「ごめんね、新那。こんなことに長々と付き合わせて」

「いいの、いいの。私も新しい下着欲しかったから」

「……にいなぁ」

「今日はまだ時間もあるし、とっておきの勝負下着を見つけよう！」

新那の声が聞こえたのか、近くにいた店員のお姉さんは私と目が合うと微笑を浮かべた。……気まずい。あまりにも気まずすぎる。

持っていた下着を一度戻して、店内から出る。

「ごめんね、瑠佳ちゃん」

店先であるはずのない耳と尻尾を垂らした新那が謝ってくる。

「あはは、平気だよ」

よくよく考えてみれば、店員のお姉さんにとっては見慣れた光景だろう。こういうときは顔見知りに会う方がよっぽど気まずい。

「あれ？　瑠佳ちゃんと新那ちゃん」

そう――、例えば闇狼のメンバーとか。

「こんなところで会うなんて珍しいね」

「ま、ひろくん……」

……今、怜央の次に会いたくなかった人が私たちとの偶然の出会いに声を弾ませた。

ランジェリーショップにいたことをなんて誤魔化そうかと考えていたら、真宙くんの背後から「じゃ、じゃーん！　櫻子もいまーす！」とテンション高めに登場した櫻子さん。

「櫻子さん、久しぶり」

「えへへ、瑠佳ちゃんと新那ちゃんと会うの本当に久しぶりだよね。ふたりは買い物？」

「うん。櫻子さんたちも？」

「私たちは右京との待ち合わせ時間までここで時間を潰してたんだ。ところで、もしかして勝負下着でも選んでたの？」

櫻子さんが屈託のない笑顔を浮かべながら、私たちの真後ろにいた下着姿のマネキンを見つめる。

「……櫻子。そういうのはオブラートに包むもんだよ」

「え、真宙がオブラートとか言う？」

「俺は女の子にそんなずけずけと勝負下着を選んでいたのかなんて聞かないよ。特に怜央の姫である瑠佳ちゃんにはね」

「別に勝負下着を買うことは恥ずかしいことじゃないでしょう」

「あの……ふたり共、勝負下着って連呼するのやめてもらえます？」

「あ、ごめん（なさい）」

息ぴったりに謝罪の言葉を口にした櫻子さんと真宙くん。……今更、下手な言い訳をしても意味がないだろう。

「真宙くん。ここで会ったことは怜央に絶対言わないでね」

口止めを求めた私に真宙くんは「もちろん。俺は怜央の楽しみを奪うことなんてしないから」とおかしな返事をする。

「それでどんな下着を選んだの？　私にだけこっそり教えて」

「あー……、それが実はまだ決まってなくて」

「瑠佳ちゃんも私もこういうことに疎くて」

新那の言葉に大きく頷くと、なぜか櫻子さんが目を輝かせた。

「そういうことなら私に任せて！」

「へ……？」

「あーあ、櫻子の変なスイッチ入っちゃった」

「真宙！　下のカフェで待ってて。後で合流するから」

「了解。終わったら連絡して」

真宙くんはそう言うと、櫻子さんを残してひとり下の階へと下りていった。

一方で櫻子さんはというと、右腕で新那、左腕で私を掴んでランジェリーショップへと入っていく。

「瑠佳ちゃんはブルベだから、この辺が似合いそう」

棒立ちの私に次から次へと手に取った下着をあてがう櫻子さん。

「櫻子さんは下着詳しいの？」

「詳しいかはよくわからないけど、好きだよ。可愛いものを身につけてるとモチベーションが上がるの」

「なるほど……」

「怜央も喜んでくれると思うよ」

「そうかな？」

交際してから半年が経つというのに、私たちはまだキス止まりだ。家に泊めてもらった日も、同じベッドで眠るだけ。

私に色気が足りないのだと思い、安直な考えで今日ここへ来た。

「そうだよ。だって、瑠佳ちゃんは怜央がずっと想い続けていた女の子なんだから」

「うん。蓮見くんは瑠佳ちゃんのことすっごく好きだと思うよ」

「櫻子さん、新那……」

胸がじーんと熱くなったところで、櫻子さんから数着の下着を渡される。

「よし。この辺りがいいんじゃないかな？　最終的に決めるのは瑠佳ちゃんがいいと思うよ」

「私のセンスで決めても大丈夫かな……」

「私が最後まで決めちゃうよりも、瑠佳ちゃんが選んだものの方が怜央は嬉しいと思うから」

「……じゃあ、」

私は櫻子さんが選んでくれた下着の中から、今の自分の身の丈に一番合ったものを購入した。

「それじゃあ、私は真宙を待たせてるからもう行くね！　また今度、女子会でも開こう」

「ありがとう。櫻子さん」

「新那も付き合ってくれてありがとう」

「どういたしまして。素敵なのが見つかってよかったね」

「うん。ふたりのおかげだよ」

＊

勝負下着を購入してから一週間。

出張サービスという名目で怜央の家へと泊まりに来ていた私は、五時まで仕事をした後、怜央と一緒に夕食をとった。

今日を迎えるまでに二キロ痩せて、ムダ毛も完璧に処理した。

そしてたった今、念入りに磨いた体にボディークリームを塗り込んだところだ。

ローズピンクの生地に控えめだがレースがあしらわれている下着を身に着けると、鏡に映った自分が別人のように見えた。


「シャワーありがとう」

ベッドの上でスマホを見ていた怜央に声をかけて隣へと腰を下ろす。ベッドボードにスマホが置かれ、視線が交わるとどちらからともなく唇を重ねた。軽く触れるだけのキスは回を重ねるごとに深くなっていく。

息を吸う暇すら与えられなくて、預けた体はベッドへと押し倒された。

握られた手も、唇も、頬も、足の先まで。全身が熱を持っていて、冬だというのに暑いくらいだ。

「……っ、れ……お、」

「顔とろんとしてる」

そうさせたのは怜央なのに。

「そろそろ寝るか」

彼は今日も先へと進もうとはしない。私ばかり張り切って馬鹿みたいだ。

熱を奪われた体はどんどん冷たくなっていく。

照明を消すために立ち上がった怜央の体に手を伸ばし、服の裾を掴んだ。

「れ、怜央は私と……その……したくないの」

「……は？」

怜央の反応を見るのが怖くて、俯いたまま会話を続ける。

「もう雇われの姫は終わったんだよね？　それなのにずっとキスだけで、半年記念のときだってなにも……。私とこれ以上のことは、」

その続きは言葉にできなかった。怜央の骨ばった手に顎を持ち上げられて、いつもよりやや強引に唇を奪われたからだ。

「……ずっと好きだった女が目の前にいて、したくないわけねーだろ」

「じゃあ、どうして」

半年もの間、キスしかしてくれなかったの？

「別に急ぐ必要はねぇなと思って。あの頃、見ていることしかできなかった瑠佳が今は隣にいる。こうして触れることができる。それだけで十分幸せだから」

それは私も同じ。気持ちを隠す必要がなくなって、当たり前のように怜央のそばにいられる毎日が幸せだ。だけど――、

「も、もっと幸せになってもいいと思うけど」

もう俯いてはいないけれど、服の裾を掴んだ手は小刻みに震えていた。

「誘い方下手かよ」

「だ、だって」

「ま、慣れてたら嫉妬でおかしくなるけど」

照明が消されて、今度はさっきより何倍も優しい手つきでベッドへと押し倒される。

怜央の手が私の髪をゆっくり撫でて、まずは額に、次に頬に、順番にキスを落としていった。

いつもなら唇で止まるそのキスは首筋、そして鎖骨へと下りていく。シャツの中

に入ってきた手は、ツーっと脇腹をなぞった。

「……う…っあ、」

怜央が触れていく場所に熱が集中する。

「……これ以上、進んだら止められる自信ないけど、いいんだな？」

「いいよ、怜央なら」

──熱を孕《はら》んだ瞳に見つめられるたび、胸が苦しくなった。

「瑠佳」

普段、涼しげな顔をしている怜央が少し苦しそうな表情を浮かべながら私の名前を呼ぶ。

「……れ……おっ……んっ、」

落ちてくる汗にさえも体がびくりと反応して、自分が自分じゃないみたいで怖かった。

だけど怜央が手を握っていてくれたから、初めての痛みも怖くはなかった。

翌朝、先に目覚めた私はシャツ一枚しか着ていないことにぎょっと目を見開いて、慌てて近くにあった下着を回収した。

着替え終わって、再びベッドの中へと戻ろうとしたとき、怜央が目を覚ます。

ぎ、ギリギリセーフ。着替え終わっていてよかった……！

「おはよう、怜央」

「んー、服もう着替えたのか」

「あ、うん。風邪引くし」

「下着、俺のために選んだんだろ。俺、まだちゃんと見てねーけど」

昨日とは逆。今度は怜央が私のシャツの裾を掴む。というか、めくり上げる。

「え、俺のために選んだって……なんでそのことを知ってるの⁉　もしかして、真宙くん……？」

「いや。一昨日、櫻子と会ったとき、瑠佳と下着屋で会ったたって話を聞かされたから。喋ったらまずいと思ったんだろうな。たまたま下着屋の前だったとか長々と言い訳してたけど」

さ、櫻子さ～～～～～ん！

「で、見せてくんねぇの？」

「……む、無理。だって今、朝だよ」

「じゃあ、夜ならいいってこと？」

「いいってわけじゃ……。というか、そんなに見たいものなの」

「好きな女の下着姿見たくない奴とかいんの？」

「また、ずるい言い方をして……！　簡単に絆されないんだから」

「昨日は余裕なかったから、改めて見たい」

「余裕なかったの……？」

「お前は俺をなんだと思ってんだよ」

ぐいっと頬を掴まれて突き出した唇にキスされる。

余裕がないのは私だけだと思っていた。

怜央も同じ気持ちだったと知って、胸がいっぱいになる。

「だから、見せて」

「あ、明るい間はだめ！」

「じゃあ、布団の中ならいいってことだよな？」

怜央が私をベッドの中へと引き戻す。くるまった布団の中、会話を止めてキスをした。

総長と姫の甘い時間は、まだ始まったばかり――。


Ｆｉｎ．

あとがき

はじめまして、梶ゆいなと申します。

このたびは、数ある書籍の中から『最強冷血の総長様は拾った彼女を溺愛しすぎる』をお手に取ってくださり、ありがとうございます。

昨年、同じスターツ出版さまのアンソロジーにて作家デビューをさせていただき、今年こうして単著を発売することができました（『それでもあの日、ふたりの恋は永遠だと思ってた』発売中です。十一名の素敵な作家さまとご一緒させていただいております！）。

本作は二〇二一年、野いちごサイト上にて開催されました『第4回胸キュンSSコンテスト』にエントリーするため書き下ろした三万字程度の短編小説が元となっております。

大変光栄なことに大賞を受賞させていただき、長編版が書籍になりました。

短編小説コンテストからでも書籍化のチャンスあります……！

それから出版までに改稿と加筆を繰り返し、書籍カバーはくりゅうさまに描いていただきました。ラフを見せていただいたとき、ふたりの躍動感に感動しました！かっこいい怜央とかわいい瑠佳を本当にありがとうございました。

本作の〝甘やかされる〟というテーマは、言葉や態度のほか、精神面の部分を意識しました。瑠佳は怜央と出会ったことにより、肩の力の抜き方を覚えたのではないかと思います。

そして瑠佳はこれからも忙しない毎日の中、怜央や新那、志貴、闇狼の皆とわいわいしながら成長していくことでしょう。

ひとつ皆さまにお伝えしなければならないのは、好条件バイトの内容はよく確認してくださいということです。雇われ姫はあくまでもフィクションです。

最後になりますが書籍出版にあたり携わってくださったすべての皆さまに心より感謝申し上げます。

そしてサイト上で応援してくださった読者さま。書籍をお手に取ってくださったあなたさま。

本当にありがとうございました！

二〇二四年四月二十五日　梶ゆいな

著・梶ゆいな（かじゆいな）

大阪府在住。本作の短編版『雇われ姫は、総長様の手によって甘やかされる。』が、小説サイト「野いちご」の「第4回胸キュンSSコンテスト」大賞を受賞。

絵・くりゅう

神奈川県出身の漫画家。2022年「花とゆめ」（白泉社）にて、「ウルフメルト」で佳作を受賞。趣味は映画観賞。

梶ゆいな先生へのファンレター宛先

〒104-0031
東京都中央区京橋1-3-1　八重洲口大栄ビル7F
スターツ出版（株）　書籍編集部気付
梶ゆいな先生

最強冷血の総長様は拾った彼女を溺愛しすぎる

2024年4月25日　初版第1刷発行

著者　梶ゆいな

発行人　菊地修一

イラスト　くりゅう

デザイン　カバー　AFTERGLOW
フォーマット　粟村佳苗（ナルティス）

DTP　株式会社 光邦

発行所　スターツ出版株式会社
〒104-0031
東京都中央区京橋1-3-1 八重洲口大栄ビル7F
TEL 03-6202-0386（出版マーケティンググループ）
TEL 050-5538-5679（書店様向けご注文専用ダイヤル）
https://starts-pub.jp/

印刷所　株式会社 光邦

Printed in Japan
ISBN 978-4-8137-1572-6 C0193

もっと、刺激的な恋を。

♥野いちご文庫人気の既刊！♥

『無口な担当医は、彼女だけを離さない。』

透乃《とうの》 羽衣《うい》・著

過去のトラウマにより病院へ通えずにいる栞麗は、ある日、体調を崩し倒れてしまう。そこを助けてくれたのは偶然居合わせた医者・世那だった。半ば強引に栞麗の担当医になった世那は事情を察し、「俺の家に来いよ」と提案。クールな世那との同居は治療のためのはずが、彼は栞麗にだけ極甘で!?

ISBN978-4-8137-1559-7　定価：715円（本体650円＋税10%）

『どうせ俺からは逃げられないでしょ？』

菜島千里《なじまちさと》・著

恋愛にトラウマを抱えている菜々美は無理やり誘われた合コンで、不愛想だけど強烈な瞳が印象的な暁人に出会う。ずっと彼を忘れられなかったけど、もう会うこともないと諦めていた。そんな中、母親が再婚し、“義兄”として現れたのはなんと“暁人”で…。義兄との禁断の甘い同居に注意！

ISBN978-4-8137-1558-0　定価：715円（本体650円＋税10%）

『気高き暴君は孤独な少女を愛し尽くす【沼すぎる危険な男子シリーズ】』

柊乃《しゅうの》なや・著

父親の再婚で家での居場所を失った叶愛が夜の街を彷徨っていると、裏社会の権力者である歴に拾われた。そして叶愛を気に入った歴は彼女を守るためと結婚を持ち掛けてくる。半信半疑の叶愛だったが、待っていたのは歴からの甘い溺愛だった。しかし、歴の因縁の相手に叶愛が拉致されて…!?

ISBN978-4-8137-1547-4　定価：715円（本体650円＋税10%）

『添い寝だけのはずでしたが』

acomaru《アコマル》・著

住み込みのバイトを始めた高２の寧々。その家には、寧々と同い年で学園を支配する御曹司・葵がいた。バイトとは、彼の不眠症を治すために同じベッドで寝ることで…!?　無愛想で女子に興味がない葵だけど、自分のために奮闘する寧々に独占欲が溢れ出す。二人の距離は夜を重ねるごとに縮まり…？

ISBN978-4-8137-1546-7　定価：682円（本体620円＋税10%）

書店店頭にご希望の本がない場合は、書店にてご注文いただけます。

もっと、刺激的な恋を。

♥ 野いちご文庫人気の既刊！♥

『冷酷執事の甘くて危険な溺愛事情【沼すぎる危険な男子シリーズ】』

みゅーな**・著

高1の柚禾は後継ぎを条件に祖父に引き取られ、豪邸に住むことに。そこには、専属執事の埜夜がいた。彼は完璧執事かと思いきや、危険な裏の顔があって…!?　柚禾に近づく輩は容赦なくひねり潰すが、ふたりきりになると極甘に!?「俺以外の男なんて知らなくていい」冷血執事の溺愛は刺激的！

ISBN978-4-8137-1532-0　定価：715円（本体650円＋税10%）

『クズなケモノは愛しすぎ』

吉田《よしだ》マリィ・著

人並みに青春したいのに、幼なじみ・蒼真の世話係をさせられている葵。しかも蒼真は女子なら来るもの拒まずのクズなケモノ!!　蒼真にだけは身も心も許してたまるか！と思っていた葵だけど、ある日、「死ぬほど大切な女がいる」と宣言した蒼真に迫られて!?　強引クズ男子の溺愛が止まらない！

ISBN978-4-8137-1531-3　定価：715円（本体650円＋税10%）

『捨てられ少女は極悪総長に溺愛される【沼すぎる危険な男子シリーズ】』

柊乃《しゅうの》なや・著

高2のあやるはある日、学園の権力者集団“BLACK KINGDOM”が指名する“夜の相手役”に選ばれてしまう。誰もが羨む役割を、あやるは拒否。しかし、総長の千広に熱情を孕んだ眼差しで捉えられて…!?　誰もが恐れる絶対的支配者の危険な溺愛が止まらない！

ISBN978-4-8137-1523-8　定価：本体715円（本体650円＋税10%）

『私たち、あと半年で離婚します！』

ユニモン・著

御曹司の同級生・清春と政略結婚することになった高3の陽菜。ずっと清春のことが好きだったのに、彼の態度は冷たく結婚生活はすれ違い。さらに、義母から離婚してほしいと頼まれ…。彼に離婚を告げるとなぜか態度が急変！　半年後に離婚するはずなのに、溢れ出した愛が止まらなくて…。

ISBN978-4-8137-1522-1　定価：本体715円（本体650円＋税10%）

書店店頭にご希望の本がない場合は、書店にてご注文いただけます。